L'Allumeuse

DU MÊME AUTEUR
CHEZ LE MÊME ÉDITEUR

Nº 41 : LA PRINCESSE DES CATACOMBES
Nº 42 : LA DISPARUE DE SUNSET BOULEVARD
Nº 43 : LE PARFUM DE LA DAME EN GRIS
Nº 44 : LES FEMMES MYGALES DE CÔTE D'IVOIRE
Nº 45 : LA DANSE DES COUTEAUX
Nº 46 : LES AMANTS DE SINGAPOUR
Nº 47 : LA VEUVE DU LAC
Nº 48 : LES FANTASMES DU NOTABLE
Nº 49 : LA BÊTE DU LUBERON
Nº 50 : CARNAVAL A VENISE
Nº 51 : LES NUITS BLANCHES DE LA TOUR EIFFEL
Nº 52 : LOVE TELEPHONE
Nº 53 : GOLF-PARTY
Nº 54 : L'ENFER DU COLLECTIONNEUR
Nº 55 : LES SOMNAMBULES DU DOCTEUR MARLY
Nº 56 : LES ENVOÛTÉES DU MARABOUT
Nº 57 : LA TUEUSE D'HOMMES
Nº 58 : LA DIVA DU BOIS DE BOULOGNE
Nº 59 : LA FOLIE DE BARBE-BLEUE
Nº 60 : LE MANIAQUE DU PARKING
Nº 61 : LE BATEAU DES FILLES PERDUES
Nº 62 : LE DÉMON DU PEEP SHOW
Nº 63 : LES CHASSEURS DE MIREILLE
Nº 64 : LA PLAGE AUX NYMPHES
Nº 65 : NUITS DE CHINE
Nº 66 : LA FILIÈRE MEXICAINE
Nº 67 : LES SECRETS DE MADAME MAUD
Nº 68 : LA FEMME MASQUÉE
Nº 69 : TRANSPORT DE FILLES
Nº 70 : LA SECRÉTAIRE DU PATRON
Nº 71 : LA PANTHÈRE DES PALACES
Nº 72 : LES PROFANATRICES
Nº 73 : LA TENTATION DE CAROLINE
Nº 74 : LA LOUVE DES BEAUX QUARTIERS
Nº 75 : LES STRIPTEASEUSES DU PETIT ÉCRAN
Nº 76 : LES MAÎTRESSES FEMMES DE SAINT TROPEZ
Nº 77 : LE RODÉO DU PLAISIR
Nº 78 : LES PROIES DU COMMANDO
Nº 79 : LA FEMME-FAUCON
Nº 80 : LA TIREUSE D'ÉLITE
Nº 81 : LES VOIX DU DÉSIR
Nº 82 : LES TAXIS DE L'AMOUR

MICHEL BRICE

BRIGADE MONDAINE

L'ALLUMEUSE

PRESSES DE LA CITÉ
PARIS

Les dossiers Brigade mondaine de cette collection sont fondés sur des éléments absolument authentiques. Toutefois, pour les révéler au public, nous avons dû modifier les notions de temps et de lieu ainsi que les noms des personnages.

Par conséquent, toute ressemblance avec des personnes existantes ou ayant existé serait totalement involontaire et ne relèverait que du hasard...

ISBN 2-258-2163-4

CHAPITRE PREMIER

On avait annoncé du mistral pour la fin de la journée, peut-être même des orages sur la Corse, mais ce que personne à la météo n'avait été capable de prévoir, c'était que le Midi méditerranéen s'apprêtait à plonger dans un cauchemar sans précédent, quelque chose d'atroce, digne de faire date dans l'histoire des grands cataclysmes.

Ça avait commencé par la ruée sauvage du mistral, vers 15 heures, et tout de suite après les sirènes de la région s'étaient mises à jeter leurs longs appels déchirants. Et maintenant on savait qu'il n'y avait plus rien à faire, vraiment rien, qu'on était exactement au cœur de l'enfer et que c'était le sauve-qui-peut général. La catastrophe était plus forte que les efforts des hommes, plus forte que l'acharnement des pompiers, l'affolement des populations, le va-et-vient des Canadairs, là-haut, qui commençaient à raser les toits en fonçant sur les brasiers pour les bombarder. C'était une espèce de déchaînement insensé, d'une puissance inhumaine. Il ne restait plus que la fuite. Au Centre Hospitalier Universitaire de

Grasse, l'évacuation avait été décidée depuis un quart d'heure. Il avait bien fallu s'y résigner : l'herbe du parc de l'hôpital, à même pas un kilomètre des premiers bâtiments, était en train de commencer à griller. Toute la Provence grillait, tout le Midi, toute la Côte d'Azur. On aurait dit que la terre entière était la proie d'un incendie géant aux dimensions de la planète et qu'on allait tous y passer.

Cavalant sur ses espadrilles mauves à semelles de corde, Maryse Tessier allait d'une porte à l'autre, vérifiant qu'il n'y avait plus personne à l'étage. C'était son boulot de quitter la dernière le département de psychiatrie de l'hôpital de Grasse, elle était payée pour ça, c'était normal. En tant que surveillante, elle était un peu, dans les moments de panique, comme le capitaine du navire qui sombre. De la main droite, elle releva machinalement sa frange de cheveux noirs coupés tout droit à la limite des sourcils et alourdis de sueur. A peine 17 heures et il faisait une chaleur écrasante. Plus de 30 degrés, on aurait dit. Par la fenêtre, au bout du couloir, on apercevait le ciel : une nappe gris orangé. Dense. Solide comme du métal en fusion. Mélange de fumée et de bombardement solaire. Elle poussa encore une porte. Puis une autre. Son inspection était presque terminée. L'annexe du département de psychiatrie du CHU de Grasse, un petit bâtiment en longueur aux murs gris, un peu à l'écart des autres, sous les pins d'Alep, avait été complètement évacuée. Elle allait pouvoir rejoindre la cohorte des malades qui s'éloignaient déjà, là-bas, dans le crépuscule précoce de cette journée de folie, encadrés par des infirmières. Tous les pensionnaires de l'hôpital qui allaient camper cette nuit dans les locaux de la mairie. Ils étaient partis en cortège, s'aidant les uns les autres, se soutenant, hagards, effarés. Réalisant mal, pour la plupart, ce qui était en train de leur arriver. L'évacuation les avait surpris alors qu'ils se préparaient à dîner. On les avait sortis de leurs lits ou de leurs fauteuils en catastrophe. Les femmes étaient en chemise de nuit ou en robe de chambre. Les hommes en pyjama, en caleçons, quelquefois en shorts. Il y avait aussi des pensionnaires plus âgés. Les handicapés et les infirmes qu'il fallait transporter dans leurs fauteuils roulants. Une véritable Cour des Miracles. Toutes les formes de maladies, tous les cas cliniques rassemblés dans le même exode, la même terreur, et qui s'en allaient clopinants vers un refuge lointain. Ça avait quelque chose de fascinant, de préhistorique presque. Comme lorsque les grandes forêts d'autrefois brûlaient et que les animaux, toutes espèces confondues, fuyaient dans la même direction, oubliant les haines qui opposaient leurs races en temps normal, possédés par une seule idée fixe : échapper au cataclysme à tout prix. Fuir la mort collective. Survivre.

Maryse Tessier avait presque terminé son inspection. Par acquit de conscience elle alla jeter un coup d'œil dans la chambre du fond du couloir. Celle que personne ne visitait jamais. Et pour cause. Apparemment, c'était une pièce comme les autres. Avec un numéro au-dessus de la porte : le *156*. Elle se trouvait juste après le coude du couloir, dans un renfoncement d'ombre et personne n'y entrait sans l'accord du policier en uniforme (en l'occurrence c'était une policière, une femme gardien de la paix) qui la surveillait.

Maryse s'arrêta près de la porte. Devant, il y avait toujours la petite chaise à tubulures métalliques sur laquelle, depuis trois semaines, elle voyait poireauter une jeune femme en uniforme bleu marine du commissariat de Cannes. Mais la femme en question n'était plus là. Bien, pensa Maryse. Parfait. Elle a emmené sa prisonnière, je vais pouvoir filer moi aussi... Elle s'en voulait un peu de sa précipitation mais c'était plus fort qu'elle. Depuis le début de l'après-midi, depuis que les sirènes avaient commencé à lâcher leurs longs aboiements lugubres sur les hauteurs de Grasse, elle n'arrêtait pas de penser à Bongo qui était tout seul, chez elle, probablement affolé par le vrombissement des Canadairs au-dessus de sa tête et qui devait commencer à paniquer sérieusement. Bongo c'était son chien. Un Groënendahl musclé comme un char d'assaut et noir comme l'enfer, mais doux avec elle et tendre comme un chaton nouveau-né. La petite villa que Maryse avait achetée sur plans, en pleine forêt de Peyros, pas très loin de Moulin-Vieux, était à peine terminée et elle en avait pour quinze ans à rembourser des traites. Ce qui lui trottait par la tête depuis quelques heures, c'est qu'elle n'était déjà peut-être plus propriétaire, sans le savoir, que d'un petit tas de cendres. Moulin-Vieux n'était pas très loin de la D.609, et à RMC ils avaient annoncé que l'incendie venait de sauter allégrement cette départementale... Ce qui voulait dire aussi que Bongo, son seul compagnon, son unique ami, était peut-être déjà mort...

Pour ne rien avoir à se reprocher plus tard, côté professionnel, Maryse Tessier tourna la poignée de la porte de la chambre *156* afin de vérifier qu'elle avait bien été évacuée. Une vraie cellule avec des vitrages de sécurité à la fenêtre et des barreaux d'acier bien solides... On n'y mettait que des pensionnaires très spéciaux, évidemment. Très particuliers. Et, la plupart du temps, extrêmement dangereux... De vrais fauves en cage...

Elle se bloqua sur le seuil, ahurie.

— Qu'est-ce que vous faites là ? jeta-t-elle.

Elle avait presque crié.

Elle reprit, essayant de se maitriser :

— Qu'est-ce que vous faites toute seule ? Où est votre gardienne ?

La pensionnaire de la chambre *156* ne pivota pas tout de suite sur ses talons. Maryse Tessier, en entrant, l'avait surprise debout contre le minuscule lavabo de la pièce, face à la glace elle-même minuscule entourée d'un cadre en plastique blanc.

Et totalement nue.

C'était la première fois que la surveillante du service de psychiatrie voyait Raphaëlle Harbin nue. Immédiatement, elle sentit une bouffée de chaleur l'envahir. Depuis trois semaines que la prisonnière était en observation dans son service, elle n'arrêtait pas de penser à elle. Et de se haïr d'y penser. Bon, d'accord, Raphaëlle Harbin était exactement son type. Maryse adorait les rousses. Mais pas les rousses laiteuses presque albinos jusqu'au bout des cils et des sourcils. Non. Les vraies rousses fauves. Animales. Comme Raphaëlle Harbin dont la lourde chevelure acajou était mouchetée de mèches cuivrées. En plus, comme toutes les vraies lesbiennes, Maryse n'était jamais attirée que par des femmes dont elle savait pertinemment qu'elles ne partageaient pas son penchant pour les femmes : qu'elles ne s'intéressaient qu'aux hommes... Avec sa longue silhouette éclatante de santé, son cou massif et droit, ses épaules larges, sa taille très étroite qui semblait rendre sa croupe encore plus puissante au-dessus de deux jambes musclées qui faisaient des kilomètres, Raphaëlle Harbin était exactement le type de femme hétérosexuelle qui la faisait hurler de désir. Elle se mordit les lèvres presque jusqu'au sang.

— Ma gardienne ? était en train de répondre la détenue en observation psychiatrique dans une chambre en principe très surveillée du CHU de Grasse. Je ne sais pas du tout ce qu'elle est devenue justement ! C'est bizarre, non ?

Raphaëlle Harbin n'avait pas bougé de sa position, debout, lui tournant le dos, appuyée du ventre contre le rebord de faïence blanche du lavabo. Elle regardait fixement la surveillante dans la glace. Et elle lui souriait. Exhibant ses deux dents de devant très écartées. Les « dents du bonheur » comme on dit...

Maryse Tessier frissonna un peu. Elle était obligée de faire de terribles efforts sur elle-même pour se remémorer les termes des premiers rapports des experts-psychiatres qui avaient commencé à examiner la jeune femme. Des passages de ces rapports dansaient dans sa mémoire... « Le sujet peut passer par des phases de création hallucinatoire ou délirante qu'on rencontre dans les cas de schizophrénie paranoïde »... « Ses fantasmes de persécution peuvent se transformer, d'un instant à l'autre, en agressivité contre le monde extérieur »... « Un orgueil pathologique, un mépris et une méfiance incommensurables envers les autres, débouchent alternativement soit sur l'agitation psychomotrice et l'excitation maniaque, soit sur l'effondrement dépressif, la mélancolie, le désir de fusion avec la mort... » En un mot comme en cent, la pensionnaire de la chambre *156* était complètement allumée, branque, jetée, tapée, raide naze, déchiquetée, épavée, enfin tout ce qu'on voudra comme adjectifs pour désigner un état mental vraiment pas net. De ceux qui définissent, dans le nouveau Code Pénal, les « sujets non punissables » (1). Ceux qu'on appelait dans l'ancien Code Pénal les « sujets irresponsables ». Et à qui un diagnostic de ce genre permet la plupart du temps d'échapper à la Justice et de ne pas répondre de leurs actes devant un tribunal. Maryse n'avait qu'une très

(1) Article 31 du Nouveau Code Pénal, remplaçant l'ancien article 64 : « N'est pas punissable celui qui était atteint, au moment des faits, d'un trouble psychique ou neurophysique, ayant aboli son discernement ou le contrôle de ses actes. »

vague idée de ce qu'avait fait la jeune femme rousse. Elle préférait ne pas trop y penser. Dans le genre abominable, ça devait valoir son pesant de frissons, pour qu'on l'envoie se faire observer par des psychiatres au CHU de Grasse, avec une femme gardien de la paix en surveillance devant sa porte 24 heures sur 24... Elle savait seulement que Raphaëlle Harbin avait été arrêtée un mois et demi auparavant et que des médecins se relayaient tous les jours près d'elle pour essayer d'éclairer un peu les abîmes de son âme. Ce qui ne devait pas être tellement commode, étant donné que la jeune femme se réfugiait la plupart du temps dans le mutisme le plus complet.

— Habillez-vous, jeta Maryse de la voix la plus impersonnelle qu'elle put. Vous allez venir avec moi...

Par la fenêtre étroite, le plomb fondu du ciel envoyait une lueur pourpre qui dansait dans les cheveux et les épaules de Raphaëlle Harbin.

— Pourquoi ? sourit étrangement la détenue. Je suis bien ici, je ne m'ennuie pas...

Maryse Tessier devint encore plus rouge. Elle venait de saisir la raison pour laquelle la prisonnière rousse se dandinait imperceptiblement, debout contre le rebord du lavabo. L'intersection de sa toison exactement à la hauteur de l'angle de faïence, elle se masturbait, comme ça, tranquillement. C'est ce qu'elle était en train de faire quand Maryse était entrée. Ni plus ni moins. Elle aurait fait ça en pleine Apocalypse. Le rugissement d'un Canadair trancha le ciel, juste au-dessus du pavillon, durant quelques secondes. Puis ce fut le halètement rauque des pales d'un hélico. En fond sonore, on avait les aboiements lointains des sirènes des voitures de pompiers.

Maryse Tessier avala plusieurs fois sa salive.

— Ne faites pas l'imbécile, murmura-t-elle en essayant de retrouver son ton de commandement. Tout l'hôpital est évacué. L'incendie galope, vous savez...

Je suis folle, se dit-elle tout de suite après. Ses mains avaient commencé à trembler parce que Raphaëlle Harbin, très lentement, s'était mise à pivoter sur elle-même et lui offrait maintenant le côté face. Un long torse trapézoïdal avec des épaules superbes où les deltoïdes jouaient doucement sous la peau ambrée. Un ventre admirablement plat. Des cuisses interminables sans la moindre trace de cellulite. Et ce triangle de poils luisants qui éclatait au milieu d'elle, ce bouillonnement de fourrure souple aux mèches acajou, comme autant de petites flammes au-dessus de la pulpe rose d'un sexe renflé, généreux, dont la fente était légèrement entrouverte, vu que la détenue s'était campée, jambes un peu écartées, en face d'elle...

Le sang de Maryse Tessier se mit en accélération incontrôlée. Cette fille est dangereuse... Une dingue... Une tueuse sûrement... Voilà ce que la moitié de son cerveau n'arrêtait pas de lui répéter. Attention ! Regarde-là, elle est deux fois grande comme toi. Et vous êtes seules, toutes les deux, dans cette chambre... Tandis que la seconde partie de son cerveau lui disait des trucs du genre : elle est belle, non ? Exactement ton type ! Ça fait des semaines que tu rêves d'elle... Même si tu n'oses pas te l'avouer. Alors, qu'est-ce que tu attends ? Personne n'en saura rien. C'est la panique générale, ils ont tous la tête ailleurs. Vas-y ! Cinq minutes, rien que cinq minutes de bonheur ! Qu'est-ce que tu risques ? Cinq minutes de plaisir complet, total... Ni vu ni connu...

Elle avança, raidie, vers la détenue et posa la main sur l'avant-bras droit de celle-ci.

— Je vous en prie, bafouilla-t-elle dans un ultime effort. Habillez-vous, c'est dangereux de rester ici...

L'autre eut un petit rire. Elle dominait la surveillante d'une bonne tête.

— Idiote ! lâcha-t-elle. Tu crois que je ne sais pas que je te fais baver depuis le début ? Tu imagines que ça ne se voit pas ?

La surveillante se cabra.

— Ecoutez, je ne vous permets pas ! Vous êtes complètement...

— Folle ? Je sais, on me l'a déjà dit. Et alors ?

Elle eut un geste vers l'étroite fenêtre à travers laquelle on apercevait, dans le poudroiement d'or bruni de la fumée mêlée aux rayons du soleil, une pluie de cendre voltigeant dans le mistral comme des confettis noirs.

— Tu ne crois pas que c'est d'abord tout ça qui est fou ? questionna-t-elle d'une voix hachée. Alors laisse-toi faire. Viens...

Maryse Tessier ne parut même pas surprise par le tutoiement. Des sirènes aboyaient en contrebas. Toute la Côte d'Azur était en feu, des collines entières se transformaient en fournaise, les forêts grillaient comme de vulgaires fagots. Son chien Bongo, là-bas, à Moulin-Vieux, était peut-être déjà mort et sa maison n'était peut-être plus, comme tant d'autres, qu'un tas de braises. C'était le monde qui était fou...

Elle se laissa aller, toute molle soudain, contre le grand corps musculeux de la détenue.

— Tu as eu envie de moi dès le premier jour, hein ? fit Raphaëlle, la bouche dans ses cheveux noirs.

— Oui, lâcha Maryse. Tout de suite... Dès que je t'ai vue...

L'autre rit encore, en lui relevant le menton du bout de l'index.

— Et tu ne sais pas que c'est très mauvais pour la santé de refouler ses désirs ?

Maryse n'eut pas à répondre. Leurs deux bouches s'étaient collées l'une contre l'autre. Ce fut un baiser profond, interminable. Leurs langues brûlantes s'enroulaient. Raphaëlle, bras passés autour des épaules de Maryse, commença à faire glisser la blouse bleue de la surveillante, dont elle venait de défaire les premiers boutons.

— Personne n'en saura rien, lâcha la détenue. Tu es belle. Tu me plais, toi aussi, tu sais ?

Maryse gémit. Sous sa blouse, elle ne portait comme toutes les infirmières que ses sous-vêtements. Et encore : rien qu'un slip. Pas de soutien-gorge. Ses seins menus apparurent, deux demi-sphères mates avec, en leur centre, des pointes tendues, rouges sombre comme des bigarreaux. Raphaëlle Harbin baissa la tête pour les mordiller. Maryse se tordit sur elle-même, le ventre creusé jusqu'au fond des entrailles comme par une main voluptueuse. Elle-même se pencha et se mit à embrasser puis à lécher l'épaule de Raphaëlle qui était à sa portée.

— Tu as la peau sucrée, bégaya-t-elle. C'est. . c'est délicieux...

Lentement, Raphaëlle la poussait vers le lit, sans cesser d'aspirer entre ses lèvres et de mordre à minuscules coups de dents les pointes turgescentes des seins de la surveillante. Celle-ci atterrit, sur le dos, au milieu des draps, tandis que les mains de la détenue s'activaient à défaire les derniers boutons de sa blouse puis à la libérer de son slip.

— Oui, siffla-t-elle. Oui !

La bouche de Raphaëlle était descendue et la jeune femme plongeait de la tête entre les cuisses brûlantes de la surveillante. Celle-ci ouvrit un peu plus les jambes. A l'intérieur d'elle-même, ses nerfs s'étaient transformés en un réseau de barbelés électrifiés. La langue de Raphaëlle était en train de l'entrouvrir, de la pointe, séparant ses lèvres, les grandes d'abord, puis les petites, plus brunes, renfoncées et comme délicatement plissées.

Raphaëlle humecta d'abord savamment le sillon moite qu'elle visita dans toute sa longueur, en remontant, puis atteignit de la langue le bouton rose et vulnérable qui saillait à l'extrémité, à demi caché dans les replis de chair sous les boucles noires de sa toison. Maryse eut un soupir d'agonisante et son corps se tordit en arc. Elle ne touchait plus le lit que des épaules et des talons.

Tout le reste d'elle-même avait littéralement décollé. La langue de Raphaëlle Harbin s'activait autour de son clitoris avec une science consommée.

Maryse eut l'impression que le rectangle du plafond de la chambre commençait à tournoyer lentement. Les murs oscillaient. La lueur sinistre des incendies, dehors, était comme une sorte de projecteur rouge dardé sur sa folie.

Elle ferma les paupières. En même temps que la langue, Raphaëlle la pénétrait d'un doigt. Puis de deux. Qui se mirent à rentrer et ressortir à un rythme régulier, alternant avec la langue qui la fouillait.

Brusquement, Raphaëlle s'interrompit.

— A toi maintenant, lâcha-t-elle d'une voix étouffée.

Un nouveau Canadair rasait les tuiles romaines du pavillon.

Raphaëlle Harbin s'était renversée sur le dos, cuisses repliées vers son torse puissant. Une onde de fièvre envahit Maryse. Ce que lui montrait la détenue, avec une impudeur totale, elle en avait rêvé des nuits entières, dans sa petite maison toute neuve au cœur de la forêt de Peygros. Une magnifique « blessure » charnelle entrouverte, béante et frémissante, une fente profonde entre deux bourrelets roses gonflés de vie. Regard chaviré, Maryse plongea entre les cuisses de la jeune femme comme si elle avait voulu y faire pénétrer tout son visage.

La main gauche de Raphaëlle, posée sur sa

nuque, la guidait, ralentissant ou accélérant le rythme de la caresse.

— C'est bien, apprécia la détenue. C'est très bien.

En même temps, sa main droite rampait à tâtons vers la petite table de nuit à longs pieds tubulaires. Sur le plateau en imitation acajou, il n'y avait rien d'autre qu'une bouteille d'eau minérale en verre. A moitié pleine. Ça allait faire mal. Très mal. Mais elle n'avait aucun autre moyen de s'en sortir. Tant pis pour toi, songea Raphaëlle Harbin. Tu n'avais qu'à pas te trouver là... D'ailleurs, tu vas t'en tirer avec une grosse bosse et un mal de crâne carabiné... C'est pas la mer à boire. Estime-toi heureuse, ma vieille !

Maryse Tessier, la surveillante du service de psychiatrie, n'eut même pas le temps de se dire que son univers intérieur explosait en millions d'éclats qui s'éparpillèrent dans les ténèbres.

Le choc de la bouteille d'eau minérale sur sa nuque fut le signal que le marchand de sable était passé. Elle plongea à pic dans l'inconscience, lèvres légèrement bleuies, inerte entre les cuisses de Raphaëlle...

Celle-ci éclata d'un rire aigu.

— Décidément, je touche toutes les bonnes cartes, ce soir ! jeta-t-elle à mi-voix.

La bouche de la surveillante était toujours en contact avec ses muqueuses trempées de salive.

— Ce serait trop bête de ne pas terminer ce qu'on a commencé, décida Raphaëlle. J'aime pas rester sur ma faim, moi...

Des deux mains, elle ressaisit le visage de

Maryse Tessier et le fit aller et venir contre son ventre, le dirigeant au bon endroit, le faisant monter et descendre dans les moiteurs de son intimité.

Deux minutes plus tard, elle jouissait avec ses petits couinements habituels. De curieux cris de souris prise au piège. Haletante, couverte de sueur, elle resta encore un instant à retrouver son souffle, allongée en travers du lit, vidée.

Puis elle se secoua.

— Tu as bien travaillé, chérie, lança-t-elle à l'adresse du corps inerte de Maryse. Mais il faut que je me tire à présent. La récréation est finie et je suis attendue !

Elle se demanda une seconde si le petit placard encastré dans le mur, au fond de la chambre, allait être assez grand pour contenir deux corps. Elle haussa les épaules.

— Vous vous serrerez, mes belles, décida-t-elle. A la guerre comme à la guerre, hein ?

Elle ricana encore.

— Fallait pas s'occuper de moi. Quand on s'occupe de moi, on finit toujours par avoir des ennuis !

Elle soupira. Un peu de sueur dégoulinait de sa colonne vertébrale parfaitement droite jusqu'au creux de ses reins admirablement cambrés. Plus la journée avançait, plus la canicule de cet après-midi d'août devenait sauvage. En passant devant la fenêtre, l'imperceptible duvet fauve qui courait le long de son échine s'incendia, ourlant de feu tout son corps sculptural.

Elle avait encore du boulot. Ligoter la surveillante, pour commencer. Comme elle l'avait déjà fait, tout à l'heure, avec sa gardienne, l'agent de police Francine Bouvard, qui somnolait au fond du placard, depuis déjà un petit quart d'heure... Victime de son bon cœur, d'ailleurs. Quand la décision d'évacuer l'hôpital avait été prise, elle était entrée dans la chambre de la détenue pour lui demander de s'habiller. Celle-ci avait parfaitement joué la pudeur effarouchée et supplié la gardienne de se retourner pendant qu'elle enfilait ses vêtements. Et pour la première fois, la bouteille d'eau minérale avait joué son rôle de matraque sur la nuque de la jeune femme gardien de la paix du commissariat de Cannes.

Depuis, bâillonnée avec une serviette, solidement ligotée et entravée des poignets aux chevilles avec les draps de dessous du lit que Raphaëlle Harbin avait déchirés, elle dormait bien tranquillement au fond du placard encastré dans le mur. Là où Maryse Tessier allait la rejoindre incessamment.

Vite fait, bien fait, Raphaëlle découpa en lanières le second drap de lit. Avant d'immobiliser sa deuxième victime, elle acheva de la dépouiller de sa blouse bleue. Providentielle, au fond, l'arrivée de la surveillante, quand on y pensait. Elle aurait pu être le grain de sable pas prévu dans les rouages de sa fuite bien organisée. Au contraire : elle lui apportait, quasiment sur un plateau, le costume dans lequel Raphaëlle avait décidé de se faire la malle. Sans elle, la détenue aurait été obligée de fouiller un peu partout le pavillon dans l'espoir de trouver une blouse du même genre. Ce qui lui aurait fait perdre un temps précieux. Après tout, la petite partie de jambes en l'air de tout à l'heure n'avait pas été inutile...

Elle acheva de boutonner la blouse et grimaça en constatant qu'elle était un peu trop étroite pour elle, vu que son gabarit n'avait rien à voir avec celui de la surveillante du service de psychiatrie.

— Tant pis, grogna-t-elle. On n'est pas à un défilé de mode.

Elle termina très vite ce qu'elle avait encore à faire. Le corps toujours inanimé de Maryse alla rejoindre celui de l'agent de police dans le placard qu'elle referma à clé. A double tour.

« Faites de beaux rêves », pensa-t-elle.

Elles tiendraient bien dix minutes ou un quart d'heure avant de se réveiller, de commencer à essayer de se libérer mutuellement, et de défoncer enfin la porte du placard à coups de pied ou d'épaule. Aucune importance. Raphaëlle serait loin, à ce moment-là.

Si tout se passait bien.

Elle se regarda dans la glace.

Evidemment, il y avait sa chevelure. Sa crinière fauve. Avec ça, elle ne risquait pas de passer inaperçue. Mais dans la panique, au-dehors, elle avait sa chance. Et puis elle était sapée en infirmière, non ?

Elle s'approcha de son reflet, avançant en moue son épaisse bouche rouge, deux belles lèvres sensuelles de vraie femme, qu'on avait envie de voir s'arrondir d'urgence sur des objets palpitants en état d'intumescence... Elle releva quelques boucles rousses collées sur son front par la sueur. Elle avait envie d'être belle, pour celui qui devait l'attendre depuis déjà quelques minutes, dans le parc.

Finalement, son examen terminé, elle se plut. Elle était effectivement belle. Très belle.

Seulement il y avait, dans ces yeux couleur saphir, ce quelque chose qui glaçait, qui vous pétrifiait, quand son regard se posait sur vous. Une espèce de lueur inhumaine. Comme venue d'un autre monde. Un truc à vous donner des cauchemars.

D'ailleurs, en général, quand Raphaëlle disait non à un homme avec cet air-là, le type n'insistait pas. Jamais. Les rares qui l'avaient fait avaient eu le temps de le regretter...

CHAPITRE II

Elle courait très bien. Elle savait courir. Pas comme la plupart des femmes, qui sont en majorité assez maladroites à ce sport-là. D'abord elle était taillée pour ça. Et puis son père l'avait entraînée très tôt. Il aurait voulu faire d'elle une athlète. Il y serait sans doute arrivé s'il n'avait pas eu la très mauvaise idée de mourir alors qu'elle n'avait que 14 ans, la laissant seule au monde. Livrée à elle-même. Avec cette espèce de grain de démence en elle, que personne n'avait encore repéré, cet atome de folie qui ne demandait qu'à croître et embellir comme une plante carnivore... Rien de précis encore, à l'époque. La dinguerie, la vraie, la pathologique, est quelque chose d'insaisissable, personne n'aurait pu jurer qu'elle aurait tourné comme elle avait tourné si son père avait continué à vivre. Les médecins qui se relayaient depuis trois semaines dans sa chambre en se grattant le crâne pour décider si oui ou non elle était responsable de ses actes, n'auraient pas pu l'affirmer plus que les autres. Ils n'en savaient rien. Ils maquillaient leur ignorance avec des mots compliqués, c'était tout ce qu'ils étaient capables de faire. Personne ne savait exactement ce qu'il y avait au fond de l'âme de Raphaëlle.

Elle descendit les trois marches de ciment du pavillon et déboucha dans un véritable bain de plomb fondu. Tout baignait dans une lueur jaune étrange. Plus un seul coin de bleu dans le ciel. Des colonnes de fumée noire roulaient les unes sur les autres en grimpant par-dessus les pins. Le parc de l'hôpital commençait à s'embraser. Un cyprès, sur la droite, à cinq ou six cents mètres, s'alluma sous ses yeux comme une mèche de briquet à essence. Rien qu'un « vrouff ! » sourd, et l'arbre ne fut plus qu'une grande langue rouge toute tordue par le vent. Les flammes s'élevaient bien au-dessus des arbres, elles partaient en grandes écharpes qui se déchiquetaient, s'éparpillaient en myriades d'étoiles cramoisies, se dispersaient en crépitant sous le vent qui soufflait à un rythme de cyclone.

Cheveux soulevés par la bourrasque, Raphaëlle Harbin obliqua vers la gauche. C'était là-bas qu'elle avait rendez-vous, du côté du pavillon des urgences. Tout le paysage flottait dans une lumière irréelle. Ni le jour ni la nuit. Une sorte de grand halo de jaune fluo dégringolé d'un projecteur géant. De l'autre côté des bosquets qui fermaient le parc de l'hôpital, on devinait l'agitation des équipes de sauveteurs, invisibles, sur la route, dans la grande pagaille des paniques historiques... Des voitures de fuyards embouteillées klaxonnaient désespérément. Un hélico de la gendarmerie bourdonnait, immobile comme un énorme frelon au-dessus des plus gros foyers, guidant par radio les Canadairs, les orientant pour qu'ils viennent lâcher leur charge d'eau sur les points en principe les plus vulnérables de l'incendie. D'autres voitures de pompiers arrivaient en renfort, faisant hurler leurs sirènes. Un instant, fascinée, Raphaëlle regarda un autre petit cyprès tout jeune qui s'embrasait, comme ça, sans étincelle, rien que sous l'effet de la proximité de la chaleur. Ses yeux devinrent encore un peu plus glacés si possible, un peu plus fixes. Sa lèvre inférieure se mit à trembler tandis qu'elle contemplait le spectacle.

L'âcreté de l'air qu'elle respirait la réveilla de l'espèce de torpeur qui l'avait soudain envahie. C'était comme si on avait répandu des tonnes de poivre en suspension dans l'atmosphère. Elle balaya son visage couvert de cendres minuscules et reprit sa course. A un moment, quelqu'un lui fit signe de loin, surgi de la nappe de fumée noire, là-bas, au bout du parc, à ras du sol. Elle répondit par un geste vague qu'elle arrivait. L'autre n'insista pas. Elle avait une blouse d'infirmière. Elle devait donc savoir ce qu'elle faisait.

L'endroit où ils devaient se retrouver, ils l'avaient choisi ensemble de longue date, quand elle était encore en détention préventive à Marseille. C'était un angle mort, au coin du pavillon des urgences. Un endroit qui, en principe, devait être évacué en premier. Ils ne s'étaient pas trompés. Il n'y avait personne à part lui.

Elle s'élança dans sa direction.

Elle l'aurait reconnu entre mille. Rien qu'à sa silhouette. Sa carrure. La bonne taille pour elle. Un mètre quatre-vingt-cinq. Sauf qu'il était très émacié de visage, pommettes saillantes, les yeux enfoncés au fond d'arcades profondes et le front creusé un peu partout par des traces indélébiles de variole. Il la regarda venir, immobile, très calme comme à son habitude.

C'était la première fois évidemment qu'elle le voyait accoutré comme ça, en caporal de pompiers, chemise bleu foncé, avec deux chevrons rouges sur la manche gauche, pantalon bleu à liseré rouge, calot bleu nuit sur la tête. A la ceinture, il portait la « tricoise » réglementaire, une sangle munie de poignets qui sert à ouvrir les vannes et à raccorder les tuyaux. D'énormes gants d'amiante triplaient de volume ses mains qu'elle savait fines et parfaitement manucurées.

— Qu'est-ce que tu fichais ? siffla-t-il quand elle fut à portée. J'ai failli t'attendre !

Raphaëlle Harbin renvoya sa magnifique crinière en arrière.

— Excusez-moi, fit-elle d'une voix soudain presque de petite fille. J'ai eu des ennuis de dernière minute.

C'était comme ça entre eux, depuis qu'ils se connaissaient. Il la tutoyait, elle le vouvoyait. Elle se serait fait arracher les cils un à un plutôt que de changer quoi que ce soit à cette habitude, où se lisait le signe le plus sûr de sa soumission. C'est-à-dire aussi de son plaisir. Du délicieux esclavage qui était la base de leurs relations, depuis le début.

— Tu es au courant que l'endroit est malsain ? interrogea encore le faux caporal des pompiers. Alors dépêche-toi. Aide-moi.

Il parlait d'une voix sèche, rapide. Un Canadair fit trembler l'atmosphère en se rapprochant comme s'il allait leur tomber dessus. D'en dessous, on pouvait voir son ventre de métal peint en rouge qui contenait des tonnes d'eau qu'il allait lâcher dans un instant sur l'un des foyers les plus proches.

— Où est-elle ? demanda Raphaëlle, les narines pincées.

Le faux pompier indiqua un bosquet de yuccas derrière eux.

— Là-bas, fit-il entre ses dents.

Derrière les feuilles des yuccas dures comme des dents de requin géant, il y avait en effet un corps emmaillotté dans une couverture. Celle-ci retirée, Raphaëlle aperçut le cadavre d'une fille nue et rousse qui avait exactement sa taille...

— Morte de mort naturelle, bien entendu, émit l'homme avec un léger sourire. Evidemment, maintenant il y a un corps de moins à la morgue de Toulon. Mais Toulon, c'est pas la porte à côté, hein ? Alors, avant qu'ils fassent le recoupement, on a le temps de voir venir...

Il s'accroupit.

— Aide-moi à la transporter, fit-il.

Elle posa la main sur son bras droit.

— Attendez, murmura-t-elle. Il faut qu'on puisse m'identifier sans aucune hésitation...

Elle portait une bague à la main gauche. Une grosse chevalière en or avec une couronne. Pratiquement le seul héritage de son père. Blaise Harbin avait eu la folie des grandeurs, en son temps. Il avait fait graver sur sa chevalière une couronne de marquis, ça lui paraissait la moindre des choses, après tout. Raphaëlle soupira. Ça lui coûtait d'abandonner le seul souvenir qu'elle avait gardé de lui. Mais à partir de maintenant, officiellement, elle était morte. Et les morts n'ont pas de souvenirs. Ils les emportent avec eux dans la tombe...

En plus, les flics la connaissaient bien, cette grosse bague gravée d'une couronne. Toutes les autorités pénitentiaires à qui elle avait eu à faire depuis trois mois la connaissaient. Elle avait fait assez de foin pour la garder. Alors qu'en principe on retire aux détenus tout ce qu'ils ont sur eux... Finalement, elle avait réussi à les faire céder, en présentant ça comme un caprice de folle. Une lubie qu'il valait mieux lui passer plutôt que de risquer des ennuis beaucoup plus gros. Après tout, on n'a encore vu personne se suicider avec une bague. Même une chevalière avec une couronne de marquis gravée dessus...

Elle acheva avec beaucoup de difficulté de la passer à l'annulaire de la main gauche de la morte.

— Voilà, murmura-t-elle. Demain les journaux annonceront que Raphaëlle Harbin, la célèbre meurtrière, a tenté de s'enfuir en profitant des incendies et de l'évacuation de l'hôpital où elle était en observation... Après avoir assommé et enfermé dans un placard la flic qui la gardait ainsi que la surveillante du service...

— La surveillante ? tiqua l'homme.

— Je vous expliquerai. C'était ça, le contretemps de dernière minute... Mais rassurez-vous. Tout va bien maintenant, j'ai rattrapé le coup...

Elle hésita.

— Il y a autre chose, fit-elle. Excusez-moi, mais ça va être nécessaire. Pour l'identification...

Il la fouilla de ses yeux noirs.

— De quoi parles-tu ?

— Ça ferait mauvais effet si mon... euh... si mon cadavre ne portait pas le stérilet que j'ai en ce moment dans le ventre. Comme vous vous en souvenez, je pense...

Il haussa les épaules.

— C'est vraiment nécessaire ?

— Indispensable, fit-elle. J'ai été examinée il y a cinq jours par la gynécologue de l'hôpital. En prétextant des douleurs... Je voulais qu'ils se souviennent bien de ce détail, par la suite. Au moment voulu...

Elle émit un petit rire.

— J'ai d'ailleurs eu un moment de panique, reprit-elle. La gynéco voulait me le retirer. Sous prétexte qu'en taule on n'a plus vraiment besoin de ce genre de truc... Moi ça ne faisait pas mes affaires. J'ai dit que j'avais peur d'avoir encore plus mal après. J'ai demandé qu'on retarde de huit jours les opérations...

L'homme la regarda fixement.

— Tu as oublié d'être idiote, constata-t-il.

Elle hocha la tête.

— Toujours agréable à entendre. Merci.

Elle hésita.

— Mais vous seriez gentil de vous tourner, s'il vous plaît, pendant que je me débarrasse de ce machin...

Il haussa les épaules.

— Ça te va bien d'avoir des accès de pudeur.

Elle se cabra.

— On met sa pudeur où on peut, lança-t-elle.

Elle eut un étrange sourire.

— N'oubliez pas que je suis un cas...

Elle désigna du menton le pavillon de psychiatrie dans le fond du parc.

— Là-bas, ils étaient sur le point de me classer parmi les « organisations psychopates et perverses », alors...

Il fronça les sourcils.

— Ça va prendre longtemps ?

— Pas très, si vous consentez à vous tourner. N'oubliez pas que j'ai fait, pendant quelques mois, des études pour devenir infirmière.

Elle était accroupie dans l'herbe. Elle s'allongea et releva le bas de sa blouse bleue. Le mistral soufflait par rafales continues son haleine de catastrophe brûlante. Toutes les odeurs de la Provence, tous les parfums des pins et des garrigues proches, avaient grillé dans l'incendie, l'un des plus cruels et dévastateurs que la Côte d'Azur ait jamais eu à subir. Ce n'était plus qu'un puissant, un irrespirable remugle de cendre chaude. L'odeur de la dévastation absolue, totale. Littéralement la fin du monde.

— Voilà, c'est fait, annonça-t-elle enfin en brandissant un minuscule instrument en cuivre prolongé par des fils.

Elle se pencha vers le cadavre de la fille.

— Il ne reste plus qu'à le lui mettre. Aidez-moi à écarter ses jambes, s'il vous plaît...

Elle contempla la morte un instant.

— Qui c'était ? interrogea-t-elle.

— Aucune idée, murmura le faux pompier. Dans l'état où elle est, c'est rare qu'on raconte sa vie.

Les Canadairs travaillaient en rase-mottes à présent. A peine l'un deux avait-il plongé sur l'incendie, qu'un autre, débarquant du Sud, prenait sa place et lâchait les vannes. Ça faisait un gros nuage blanc éphémère, une longue traînée vaporeuse, tandis que l'avion remettait la gomme pour prendre de l'altitude.

— Dépêche-toi, cracha l'homme. On devrait déjà avoir filé.

Il réfléchit.

— Tu es sûre que ça va servir à l'identifier ? Un stérilet. Tu n'es pas la seule à en porter un...

— D'abord, répondit-elle, le mien est spécial. Un modèle ouvert. En « boucle de Lippes ». La gynéco s'en souviendra très bien quand les flics viendront lui poser la question, soyez-en certain... Ensuite, il y a aussi la bague. Avec ces deux détails, et même si par ailleurs le cadavre est impossible à identifier...

Il agita la main droite.

— Ça va, fit-il. Tu lui enfiles la blouse d'infirmière maintenant, et on y va.

Elle le regarda.

— Pourquoi la blouse ?

— Réfléchis. Tu l'as piquée à la surveillante,

ça elle va pouvoir le confirmer. Tu ne t'es pas enfuie toute nue, n'est-ce pas ? Donc tu n'es pas morte toute nue non plus. Vu ?

— Vu, acquiesça Raphaëlle Harbin. Et moi, là-dedans ? Qu'est-ce que je mets pour couvrir ma nudité ?

— Ça, fit-il.

Il désignait la couverture qui avait enveloppé la morte. Un vieux plaid écossais tout effrangé sur les bords.

— Charmant, frissonna-t-elle.

Il la fusilla de ses yeux noirs.

— Tu crois que tu as le choix ? demanda-t-il.

***

Pendant quelques instants, au milieu de la pelouse du CHU de Grasse, en bordure de l'avenue Broussaille, il n'y eut plus que le tableau suivant : un caporal de sapeurs-pompiers, mouchoir relevé à mi-visage pour se protéger de l'asphyxie menaçante, crapahutait, transportant dans les bras le corps selon toute apparence inanimé d'une fille vêtue d'une blouse bleue d'infirmière. Derrière, une autre femme suivait, une rousse enveloppée dans une couverture, un plaid écossais. Elle cavalait à petits pas derrière le pompier avec le visage tendu de quelqu'un qui a tout perdu. Ils étaient des centaines comme elle en ce moment dans le coin...

— Hé ! là-bas ! Qu'est-ce qui se passe ?

C'était un sauveteur bénévole en jean et torse nu, surgi du brouillard de fumée, à deux cents mètres d'eux maintenant, âcre et noir comme l'enfer.

— Où sont les ambulances ? jeta le faux caporal des pompiers. Elle est sacrément amochée !

— Par là, cria le type.

Il avait les poils de la poitrine à moitié grillés, les yeux bordés de rouge. Il esquissa le geste de remettre son foulard à hauteur du nez, un chiffon rouge à impressions cachemire.

— Grouillez-vous, bon Dieu ! glapit-il. Ça crame partout maintenant ! Vous êtes les derniers ! C'est dingue de traîner comme ça !

Le faux caporal haussa les épaules.

— On fait que ça, se grouiller, mon vieux.

L'autre replongea dans les volutes d'où il était né, comme par enchantement, et ils en profitèrent, le faux pompier, son cadavre et Raphaëlle, pour obliquer sur la gauche. Droit sur les foyers les plus proches. Il y avait un petit bosquet d'hibiscus et de bruyères arborescentes qui se prenait pour le buisson ardent. Tout le bosquet était en train de commencer à éclater comme un feu de Bengale. Déjà des flammèches en jaillissaient vers la pelouse avec des bonds ahurissants. C'était là qu'ils allaient la déposer. Ils ralentirent. La chaleur était intenable, ils ne pouvaient pas aller plus loin, vraiment impossible. Raphaëlle regarda l'autre qui laissait filer le cadavre jusqu'à terre, la morte inconnue déguisée en infirmière avec sa bague, sa chevalière à couronne de marquis, et cet autre détail plus intime, quelque part dans les profondeurs de son ventre. L'homme secoua la tête.

— On ne peut pas la laisser comme ça, fit-il. Imagine que le vent tourne brusquement, ce sont des choses qui arrivent. Si elle ne crame pas complètement on est fichus, ils sauront que tu es toujours vivante, ils te chercheront...

Avec sa manche de chemise, il s'essuya le front.

— Heureusement que je pense à tout, ajouta-t-il. J'avais prévu qu'on n'arriverait pas à approcher du feu...

C'était un flacon inoffensif, une flasque de whisky à en croire l'étiquette, une bonbonne plate qui épousait la courbe de sa fesse droite, dans la poche-revolver de son pantalon. Elle était pleine de pétrole, il le précisa à Raphaëlle avant de la dévisser et d'en répandre rapidement le contenu sur la blouse de la morte. Des flammèches sautaient vers le cadavre, jaillissant des buissons en feu dans des salves de crépitements. Il en ramassa une, un petit bout de bois rougeoyant, et le précipita sur le cadavre, qui s'auréola instantanément de flammes bleues. Comme attiré par cette nouvelle fournaise, le feu dans les buissons fit un bond, surgissant pour la rejoindre.

Ils reculèrent.

— Voilà, jeta l'homme. C'est fait. Dans quelques minutes, il ne restera pratiquement plus rien d'elle.

Il eut un rictus qui lui retroussa les lèvres.

— Rien que le strict nécessaire pour l'identifier.

Raphaëlle Harbin s'était figée. Elle regardait son double, la grande fille rousse en train de griller, déjà défigurée par les flammes qui lui boursouflaient la peau du visage, cloquaient son cou et ses joues. Elle était comme hypnotisée. Il la secoua et il s'aperçut que son corps était raide, complètement pétrifié, de la pierre vraiment, c'était presque effrayant. Il l'appela et elle ne répondit pas. Il l'appela plus fort, sans succès. Elle continuait à regarder le brasier comme quelqu'un qui escalade la paroi à pic d'un gratte-ciel et qui désobéit aux conseils qu'on lui a donnés en se retournant sur les trente-cinq étages déjà parcourus.

— Hé ! Ho ! fit-il.

Il cria.

— Raphaëlle ! Bon Dieu, Raphaëlle !

Il le savait bien qu'elle était folle dingue. Il le savait depuis le début. Mais pas à ce point-là quand même. Il aurait fallu lui envoyer un grand seau d'eau fraîche en pleine figure pour la réveiller, l'arracher à cette espèce de délectation invraisemblable dans laquelle elle était plongée. Seulement l'eau, dans les conditions présentes, ce n'était vraiment pas ce qu'on pouvait trouver à portée de main. Il choisit la facilité. Une formidable paire de gifles balancée de très loin qui la fit pratiquement tourner sur elle-même. Elle se cabra.

— Espèce de salaud, brailla-t-elle.

Il dut bondir sur le côté pour éviter le coup de pied qu'elle lui envoyait dans les tibias. Il lui attrapa au vol les poignets et l'immobilisa.

— Ça suffit, maintenant, Raph ! cria-t-il. On se tire. On saute le mur en passant par-derrière. J'ai laissé la voiture place du Cours.

Elle sanglotait maintenant. Elle pleurait et elle tremblait sous la couverture écossaise. Il passa un bras autour de ses épaules.

— C'est fini, murmura-t-il. C'est fini. Tu es libre...

***

La place du Cours, dans le centre de Grasse, est une agréable promenade en terrasse avec une vue magnifique sur les ondulations boisées descendant vers la mer. A l'une de ses extrémités, se dresse une fontaine monumentale et, un peu plus loin, un petit square où s'élève un monument dédié au peintre Fragonard qui est né ici et s'y est réfugié au moment de la Révolution, quand Paris commençait à sentir un peu trop mauvais pour un artiste comme lui, célèbre pour des toiles d'une frivolité et d'un érotisme que la vertu républicaine de l'époque jugeait hautement coupables... D'ailleurs, le souvenir de Fragonard, on le retrouve partout à Grasse, où on peut visiter une maison qui lui a appartenu et qui est transformée en musée. Fragonard et la parfumerie sont les deux mamelles de la petite ville provençale, toute en ruelles tortueuses, en escaliers et en terrasses. Seulement, à l'heure qu'il était il n'y avait plus un seul touriste pour s'intéresser à tout ça. Ils avaient tous filé sur les hauteurs de la ville, dans de beaux embouteillages historiques, pour jouir du spectacle, dès que les sirènes de la région avaient commencé à hurler. Un spectacle comme celui-là pour des estivants qui n'avaient rien de plus urgent à faire, ça valait tous les feux d'artifice du monde... Les habitants du coin les regardaient plutôt d'un sale œil. Des charognards... Oubliant que la veille encore, ils les voyaient approcher en frétillant, les charognards, parce que c'étaient eux, les estivants, qui pendant deux mois allaient faire vivre la région, en vraies machines distributrices de la société des loisirs qu'ils étaient.

— Démarrez, frissonna Raphaëlle. Démarrez vite. J'ai hâte d'être arrivée...

Il savait de quoi elle voulait parler. Il asticota la clé de contact, sous le tableau de bord en plastique moulé. La vieille Mehari bleue avait quelques problèmes d'allumage. Autour d'eux toute la ville baignait dans une lumière crépusculaire, avec le vent fou et rouge qui montait, poussant sa tornade de cendres et de mort, de détresse et de désolation. Sur le boulevard du Jeu de Ballon, les bagnoles se suivaient à la queue leu leu, lentement. Des plaques d'immatriculation du coin pour la plupart. Et des amoncellements hétéroclites sur les galeries. Un peu de tout. Des choses de première nécessité en général. On avait emmené le chien aussi, bien sûr, il avait la tête à la portière et la langue pendante, il essayait de retrouver sa respiration au milieu de cet air soufré. Les gosses s'amoncelaient à l'arrière. Les plus jeunes jouaient, ils ne comprenaient pas ce qui se passait ni pourquoi leurs parents faisaient une tête pareille. Ils n'avaient pas encore réalisé qu'ils avaient tout perdu. Pas mal de femmes sanglotaient. Sur les trottoirs, les rares passants avaient des visages tirés sous le hâle, des yeux hagards. On aurait dit qu'ils ne dormaient pas depuis une semaine. Ou qu'ils venaient d'apprendre le débarquement d'une armée d'extra-terrestres bien décidés à envahir la Côte d'Azur. Les plus vieux et surtout ceux parmi les plus vieux qui, dans leur jeunesse, avaient vécu au nord de la Loire, devaient retrouver dans l'ambiance générale un petit quelque chose de la détresse et de la panique de l'Exode. Toutes les grandes catastrophes ont quelque chose de commun : le sentiment d'impuissance qu'on ressent devant la fatalité plus vaste, infiniment, que toutes les forces humaines...

— Ils vont avoir de quoi s'occuper, grinça l'homme toujours affublé en sapeur-pompier, au bout de quelques minutes de silence.

La Mehari avait pris le boulevard Albert-1er puis le boulevard de la Reine-Jeanne. Il savait exactement où elle voulait qu'ils aillent. La première étape en tout cas. Elle ne bougeait pas. Blottie sur la banquette de plastique, elle ne disait rien, emmitouflée dans le plaid écossais. Elle *cuvait* littéralement le film à grand spectacle du feu, les milliers d'arbres-torches de Provence avec leurs flammes cinq fois grandes comme eux qui léchaient le ciel et cette armada de fumées noires puantes poussées par le vent. Et toutes ces fourmis humaines paniquées, dépassées par les événements, ravagées d'horreur, qui couraient en tous sens en essayant d'endiguer un cataclysme géant avec leurs moyens dérisoires. Un élan d'amour la poussa vers le conducteur de la

Mehari comme une vague puissante. Elle approcha son visage de son cou.

— Merci, souffla-t-elle.

Non seulement il venait de l'aider à fuir, mais en plus il lui avait fait le cadeau de cette catastrophe magnifique, ce désastre monstrueux, cette destruction en technicolor. Il n'y avait qu'un seul personnage dans l'histoire qui avait pu la passionner, à l'école, c'était Néron, l'empereur romain dont on racontait que, monté sur une tour, il chantait en s'accompagnant d'une lyre tandis qu'un incendie sans précédent était en train de ravager Rome. Elle n'avait pas de lyre à la main. Et puis de toute façon elle n'aimait pas tellement chanter. Elle avait l'intention d'honorer le désastre d'une autre façon, bien plus brûlante...

— Arrêtez-vous-là, souffla-t-elle.

Depuis le Belvédère du Parc de la Corniche, on avait un point de vue fabuleux. Depuis le Baou de Saint-Jeannet jusqu'aux croupes du Tanneron et aux crêtes de l'Estérel. Par beau temps, on pouvait même apercevoir le golfe de la Napoule et les îles de Lérins. Mais le panorama, pour Raphaëlle, était encore plus merveilleux parce qu'on ne voyait plus rien du tout. Rien que des nappes monstrueuses, des fumées noires et des taches écarlates qui bougeaient, à ras des collines, ces flammes diaboliques qui étaient en train de transformer toute la région, de Draguignan à Cannes ou presque, en un paysage aussi guilleret, aussi désert, aussi gris, aussi cendreux que la lune. Un paysage de mort.

Elle respira profondément.

— C'est divin, lâcha-t-elle.

Elle tendit vers l'homme un visage transformé, défait, aux traits tirés, où les yeux brillaient d'une lueur étrange et fixe.

— C'est le spectacle le plus excitant que j'aie jamais contemplé, fit-elle d'une voix étouffée.

Ils étaient seuls sur le Belvédère. Au loin, montaient les sirènes affolées des voitures de pompiers. Un seul Canadair cerclait au-dessus du massif du Tanneron, disparaissant dans les nuages de fumée, réapparaissant, redisparaissant. Elle rejeta le plaid écossais et apparut nue, comme passée au minium par le faux jour d'apocalypse. Son ventre plat était secoué d'un spasme continu.

— Prends-moi, jeta-t-elle. Bon Dieu, baise-moi ! Tout de suite ! Défonce-moi !

Elle n'avait le droit de le tutoyer que dans ces moments-là. Il s'approcha d'elle, la retourna et la précipita à terre, sur le ventre, puis se laissa tomber sur elle. Il sentit que les membres de Raphaëlle se raidissaient au moment où il commençait à lui écarter les fesses à deux mains pour la pénétrer là où elle était la plus étroite, la mieux défendue.

— Attends, aboya-t-elle. Je veux que tu me fasses le plus mal possible.

Elle se redressa sur les genoux, cambrée, son admirable croupe offerte en l'air, cuisses bien écartées, seins pendants vers le sol. Il regarda un instant les minuscules fossettes au-dessus de ses fesses, là où sa taille commençait à s'étrangler.

Ses seins ondulaient par-dessous au rythme de sa respiration. Il poussa des reins, s'enfonçant dans le puits froncé qui, d'instinct, tenta de se dérober en se creusant encore. Mais il parvint à la pénétrer. Les chairs cédèrent comme une étoffe qui craque sous la pesée de quelque chose de trop lourd et il s'engagea en elle. Puis il pesa encore, inexorablement, et disparut peu à peu dans le plus intime de son être.

— Vas-y ! cria-t-elle. Défonce-moi !

Il se mit à aller et venir de plus en plus brutalement. Son ventre claquait contre les fesses de la jeune femme à chaque fois qu'il les heurtait. Roulant des hanches, elle allait à sa rencontre, s'empalant encore plus totalement. Ses doigts autour de la taille mince durcirent encore. Elle poussait des gémissements saccadés, visage relevé, les yeux remplis de larmes de souffrance bienheureuse, la face baignée de la lumière de soufre qui planait sur le paysage.

Finalement elle poussa un cri en le sentant jouir et se mit à ruer comme une folle tandis qu'il l'inondait en giclant à longs jets brûlants.

Derrière un platane, un petit vieux comme on n'en fait plus, costume gris, chapeau et canne, s'était immobilisé. Sidéré par le spectacle ahurissant, dans cette journée de folie, d'un caporal des sapeurs-pompiers en train de sodomiser tranquillement une grande fille rousse et nue qui avait l'air d'en redemander. Décidément, le monde tournait de moins en moins rond.

CHAPITRE III

Même à Cannes, même en plein mois d'août, on peut encore trouver des petits bistrots sympathiques comme autrefois, c'est ce qu'était en train de se dire Roger Micheletti, dit Roger-la-Clite, un surnom qui était aussi un spirituel et délicat jeu de mots sur les dimensions proverbialement très modestes de l'appendice qui faisait de lui un être appartenant au sexe masculin. Ça le rassurait, au fond, sur l'état de la civilisation : tout n'allait pas si mal qu'on disait et la Côte d'Azur n'était pas le repère des arnaqueurs intégraux qu'on prétendait. Il suffisait de s'éloigner un peu de la Croisette, où le moindre verre d'eau minérale est devenu un luxe de milliardaire du pétrole, et de se perdre dans les petites rues. Chez *Mireille*, rue du Batégnier, c'était exactement son idéal, à Roger Micheletti. Décor modeste, menu modeste, plats du jour solides et francs. Rien à voir avec les troquets tape-à-l'œil qui s'alignent sous les palmiers, face à la mer, entre les palaces remplis d'Arabes venus avec leur harem du golfe Persique. Il adorait les endroits où on passe inaperçu.

Dans son cas, c'était d'ailleurs une précaution élémentaire. Depuis qu'il était en rade ici, à Cannes, il essayait de se fondre avec le décor, de se perdre dans les coins paumés, les quartiers où personne ne va jamais. Ce n'était pas tellement facile de prendre la couleur muraille au milieu de la grande fiesta aoûtienne de la Côte d'Azur. Comme il avait décidé de se donner le look touriste, il avait acheté un appareil photo qu'il portait perpétuellement en bandoulière, et même un short à impressions lagon des mers du Sud pour déambuler à travers les rues, dans la journée. Evidemment, avec ses cent vingt kilos et son nez qui ressemblait à une patate en mastic au milieu d'une figure complètement ronde qu'on aurait dit pas terminée par un sculpteur négligent ou trop pressé, il ne passait pas tellement inaperçu. Il avait beau se faire le plus petit possible, il restait épouvantablement gros et massif. Nettement au-dessus de la moyenne. Alors il en rajoutait sur le côté jovial de l'estivant hilare. Pas du tout son genre. Quelqu'un qui serait arrivé dans son dos et lui aurait soufflé à l'oreille son fameux surnom de Roger-la-Clite, n'aurait eu droit, pour toute réponse, qu'à un sourire parfaitement angélique et bienveillant. Pas question de se faire remarquer en défonçant la gueule du premier venu. En temps normal, les types qui l'appelaient comme ça se retrouvaient sans savoir comment avec trois côtes cassées et des tas de contusions internes. Mais on n'était pas en temps normal du tout. Roger Micheletti était en cavale après un coup merdeux qui avait lamentablement foiré, une prétendue « colonie de vacances » de jeunes filles mineures qui devaient être embarquées à Toulon pour aller remplir des claques quelque part en Amérique latine. Micheletti, dans tout ça, il faisait le convoyeur et il devait toucher un joli paquet d'oseille dès que le cargo rempli de pucelles aurait appareillé. Evidemment, au passage, il en avait *essayé* quelques-unes. C'était son vice, à Micheletti, le vert paradis des amours enfantines, les très jeunes filles à peine formées, au corps encore indécis, graciles et délicates comme des lianes. Il les avait un petit peu violées à sa façon, sans les déflorer d'ailleurs, en s'introduisant comme il disait par l'entrée des artistes. Il y avait eu quelques protestations des belles indignées, mais avec deux ou trois bonnes baffes il avait pu constater que les protestations s'arrêtaient comme par enchantement... D'ailleurs il n'était pas monté comme un taureau, on ne pouvait pas dire. Dans ces conditions, ça relevait à peine du viol.

L'ennui, c'est qu'ils avaient été balancés et qu'au moment de l'embarquement la flicaille avait pointé son nez. Micheletti avait piqué un sprint et s'était retrouvé, une heure plus tard, tout étonné d'avoir réussi à prendre la fuite. Dans son genre c'était un vrai petit miracle. Surtout que s'il tombait dans les pattes de la police, il sucrerait les fraises quand il ressortirait de prison. C'était sa spécialité depuis toujours, à Roger-la-Clite, les vierges effarouchées. Grâce à lui, depuis vingt ans, des tas de mineures avaient appris par la méthode accélérée les joyeusetés de la vie de bordel. Un truc qui demandait du doigté, en général, vu que la plupart du temps elles n'étaient pas partantes. Il fallait les convaincre de toutes les façons possibles et imaginables. En les droguant d'abord. En les menaçant ensuite. En les battant aussi. En leur faisant miroiter que ce n'était qu'un mauvais moment à passer. Et ainsi de suite.

Il avait la méthode, Roger-la-Clite. Un vrai scientifique dans sa partie. Coffré trois fois, il avait retrouvé la liberté par ses propres moyens la troisième fois, en s'évadant pendant un transfert, au cours de l'instruction, et il préférait crever que de retrouver la taule pour la quatrième fois. Raison pour laquelle il ne sortait jamais sans son meilleur ami glissé dans un étui, sous son aisselle. Le meilleur ami de Roger Micheletti, ce n'était pas un chien, comme on le prétend à propos du genre humain en général, mais un superbe FN Browning calibre 22 LR modèle « Concours », celui sur lequel un astucieux dispositif rend les organes de visée solidaires du canon. Un pistolet parfait pour le « tir de vitesse » comme on dit. Son assurance tous risques en somme.

Rien que de sentir le contact chaud de la crosse entre son bras et les replis de couenne de son torse, il se sentait moins seul. Surtout que sa cavale traînait en longueur. Dix jours à attendre que son contact descende de Paris pour lui donner de nouvelles directives et surtout du fric, il en avait les nerfs tendus comme des cordes de harpe. Un rien pouvait les faire frémir.

Par exemple, ce soir, dans ce petit bistrot, chez *Mireille,* rue du Batéguier, il y avait ce couple grotesque à la table d'à côté qui commençait drôlement à le gonfler.

Ils lui avaient déjà gâché le début du repas et maintenant ça allait être le tour des tripes à la niçoise avec des pâtes fraîches, qu'on venait de lui apporter. Même le Bandol — une demi-bouteille pour faire des économies — descendait difficilement. On n'avait pas idée de profiter d'une soirée au restaurant pour se faire une scène de ménage ! Avec cette chaleur à crever en plus. La fille surtout était odieuse. Pas mal pourtant. Pas son type, mais pas mal. Trop vieille pour lui : la trentaine à peu près... Il n'aimait que les formes à peine suggérées, Roger-la-Clite. Et des formes, la blonde platinée à côté, elle en avait qui avançaient facilement jusqu'au milieu de la table. Sa robe très moulante en soie rose à pois noirs avec taille drapée et un gros nœud dans le dos, sur les fesses, qu'il avait maté quand ils étaient arrivés, contenait des explosions de chair imminentes. Ça jouait à la menace de dérive des continents à l'intérieur de ce fourreau ultra-moulé. Et en plus elle avait des bas noirs résille, des escarpins à talons de dix centimètres, et des boucles d'oreilles en or dont la circonférence devait avoir été inspirée par celle des assiettes à soupe. La vraie pute, pensa Roger Micheletti dégoûté. Il avait une horreur profonde des putes. Son métier, c'était d'alimenter la prostitution, pas de les fréquenter. D'ailleurs les pucelles qu'il essayait avant la livraison étaient des candidates-putes, pas encore des professionnelles. Il les cueillait au bon moment, juste avant qu'elles ne fassent le grand saut.

— Espèce de salaud ! glapissait la blonde. Je t'aurais pardonné n'importe quoi. Mais les mensonges, ça, non, alors !

A chaque fois qu'elle reprenait haleine, ses seins remontaient de vingt centimètres pratiquement sous le menton. Ce qu'il y avait de curieux, c'est que ses déboires conjugaux n'avaient pas l'air de lui ôter l'appétit, au contraire. Le lapereau à la provençale n'était déjà plus qu'un souvenir dans son assiette. En revanche, le type en face d'elle n'était pas du tout dans son assiette. Un très grand, bronzé, élégant dans le style décontract. Veste saharienne en lin écossais, polo noir et pantalon noir. Ceinture en sangle rouge. Là-dessous, il devait y avoir des tas de muscles au repos. Ils n'allaient pas tellement l'un avec l'autre, d'ailleurs. Lui donnait plutôt dans le genre sobre, elle dans le tape-à-l'œil le plus criard. Ça crevait les yeux qu'ils n'étaient pas faits pour vieillir ensemble.

Tandis que la blonde forçait dans les aigus, l'homme en face d'elle essayait évidemment de la calmer. Spectacle classique des couples en crise où c'est toujours le mari, en public, qui voudrait bien écraser le coup, tandis que l'épouse est prête à prendre à témoin la terre entière.

— Ça va, on continuera de parler de tout ça à la maison, faisait l'homme d'une voix étouffée.

— Dégueulasse ! bramait la fille. Tu sais bien ce que tu m'avais promis ? Tu n'as pas tenu ta parole ! Salopard !

— Arrête Ursula, je t'en supplie !

— Qu'est-ce que j'en ai à foutre qu'ils nous écoutent ? Tu crois que ça me gêne qu'ils sachent quel genre de pourriture tu es ?

Roger-la-Clite secoua la tête, ravi d'avoir écouté les conseils de son ange gardien et de ne s'être jamais marié. Il avait une vraie vocation de célibataire. Même sa cohabitation actuelle, forcée bien sûr, avec Nathalie, une ancienne retirée des affaires qui louait des studios à la journée et qui l'avait accueilli, dans sa cavale, d'assez mauvaise grâce et l'hébergeait dans son petit appartement du quartier du Suquet, près du vieux mur d'enceinte, à l'ombre de l'église Notre-Dame d'Espérance, même ça c'était trop pour lui. Même si c'était provisoire. C'était un délicat, Roger-la-Clite. Il avait horreur qu'on se serve de sa brosse à dents par exemple, il y a des existences qui se décident sur des détails de ce genre. Son rasoir électrique aussi, il y tenait comme à la prunelle de ses yeux, il avait foutu à la porte pas mal de radasses qui le bousillaient en se retirant les poils des jambes avec.

C'est la raison pour laquelle il encaissa très mal le verre de rosé, quand la blonde décida d'en balancer le contenu sur la figure de son vis-à-vis et que des éclaboussures l'atteignirent, dégoulinant sur sa veste rose poussin, son pantalon caramel et sa chemise bleu tendre, nuance lavande.

— Ça va pas, ça ! jeta-t-il en s'arrachant à sa chaise.

La blonde s'était levée en même temps que lui, elle continuait à vociférer contre son compagnon qui se leva également.

— Hé ! gueula Roger Micheletti. Je vous parle.

— Toi le blaireau, ferme-la ! jeta la blonde sans le regarder. Je m'explique avec mon homme.

Roger-la-Clite se précipita en avant, furieux. L'athlète qui était à quelques centimètres de lui le reçut de plein fouet. Ils se retrouvèrent un instant au corps à corps. Et puis il se passa un truc que le trafiquant de pucelles ne pigea pas du tout, une sorte de clic-clac rapide, ça ressemblait à un tour de prestidigitation. Il regarda vers le bas.

Il avait deux jolis bracelets d'acier aux poignets.

— Police, jeta l'athlète en face de lui. On a fini de rigoler. Tu nous accompagnes tranquillement au-dehors. Compris ?

Le sang quittait à toute allure le visage de Roger-la-Clite. Il les regarda alternativement, la blonde platine à allure de pute et l'autre, l'athlète élégant et bronzé. Il leva un peu ses poignets.

— Comment vous avez fait ça ? gémit-il.

— Tu vas avoir tout le temps d'y réfléchir, murmura l'homme en souriant.

— Ça me fait mal, ça serre trop, souffla le truand.

— C'est pas fait pour faire du bien, reconnut son interlocuteur.

— Merde, couina Roger-la-Clite. Vous êtes balaises tous les deux, je me suis fait mettre dans les grandes largeurs...

Le grand policier aux yeux noirs qu'il avait en face de lui sourit.

— Complexe pas, Micheletti, murmura-t-il. On est plus balaises parce qu'on est plus intelligents, c'est tout. C'est de naissance, on ne se refait pas.

La blonde les suivit, couvant amoureusement du regard le flic athlétique.

CHAPITRE IV

Deux heures plus tard ils se retrouvaient dehors, avenue de Grasse, sur le trottoir devant le 15, c'est-à-dire devant les locaux du commissariat de police de Cannes.

Roger Micheletti dit Roger-la-Clite était entre de bonnes mains. L'inspecteur divisionnaire Boris Corentin, de la Brigade Mondaine de Paris, section des Affaires Recommandées, le top du top, le dessus du panier, aspira un peu l'air de la nuit. Ça ne rafraîchissait pas tellement. C'était sucré, avec un arrière-goût de guimauve et d'hydrocarbures. Des filles luisantes de bronzage comme de grandes statues de chocolat passaient en riant. Leurs shorts étaient assez étroits pour qu'on puisse détailler sans trop d'efforts les contours de ce qu'elles avaient à offrir entre leurs cuisses hâlées.

Il se détourna de la tentation.

— Merci Léa, murmura-t-il. Je me souviendrai de tout, tu sais. Si tu as des ennuis un jour, pense à me faire signe.

La créature blonde abondante aux seins en

obus et à la croupe monumentale sous la soie rose, émit un profond soupir.

— C'est ça, fit-elle. Toi tu rentres à Paris à présent, n'est-ce pas ?

Boris esquissa un geste vague. L'arrestation de Roger-la-Clite, c'était l'aboutissement de dix jours d'enquête acharnée en solo. Mémé, c'est-à-dire Aimé Brichot, inspecteur principal, son coéquipier depuis quinze ans, était depuis une semaine en vacances. Pas très loin, d'ailleurs. A une centaine de kilomètres, au-dessus de La Garde-Freinet, dans uné petite villa qui lui était tombée dessus miraculeusement au dernier moment. Un collègue et ami de la Brigade des Stupéfiants qui avait dû renoncer à sa location en catastrophe parce que sa femme devait être hospitalisée d'urgence et qui l'avait cédée à Mémé pour la moitié du prix normal. Une misère quand on connaissait les tarifs pràtiqués sur la Côte d'Azur. Bref, Aimé Brichot, son épouse Jeannette et leurs trois enfants étaient en train de se dorer au soleil pendant que lui, Boris Corentin, filait le train depuis Paris à un nommé Micheletti qui lui avait échappé au dernier moment, à Toulon, et qu'il avait retrouvé miraculeusement grâce à Léa, la grande blonde aux appâts extrêmement plantureux. Boris ne ressentait d'ailleurs aucune amertume à travailler en solo pour une fois, c'était régulier. Mémé avait droit à ses vacances en août parce qu'il était marié et père de famille. Corentin, lui, on l'envoyait se bronzer vers le mois de novembre. Privilège des célibataires.

Ce qui l'ennuyait bien plus c'était de n'avoir pas eu le temps de rendre visite à son vieux copain, là-bas, à la Garde-Freinet. Et maintenant c'était trop tard puisqu'il rentrait demain à Paris.

— Léa, reprit Corentin, tu t'es débrouillée comme une vraie pro au restaurant, tout à l'heure. Tu aurais mérité d'entrer dans le corps des auxiliaires de police. Sans toi...

La grande fille blonde eut un roulement de ses vastes hanches.

— Passe la main, tu veux ? soupira-t-elle. On dirait que tu vas m'apporter ma récompense de chasseur de primes...

Elle glissa son bras sous le sien.

— Tu sais bien que si j'ai fait ça c'est pas pour la police. C'est pour toi...

Sans Léa de Marceval, en effet, il en serait encore à pédaler dans la semoule un peu n'importe où sur la Côte. Il avait eu l'idée de la contacter, à Cannes. Ça tombait bien : elle était justement en pleine phase de mutation, lui avait-elle expliqué. Elle voulait justement abandonner son job de professionnelle du bitume. Seulement le Milieu n'allait pas la lâcher si facilement, elle avait besoin qu'on l'aide. Et précisément, à propos de Micheletti, elle avait un tuyau en béton. Le passeur de vierges en cavale créchait chez une ancienne collègue à elle, une certaine Nathalie. Tout ce qu'elle mettait comme condition, c'était que son amie ne soit au courant de rien, qu'elle ne soit pas inquiétée et par conséquent le « crâne » (1) se déroule à l'extérieur, pas au domicile de Nathalie. Boris Corentin avait donné sa parole. Léa avait accepté de jouer la compagne acariâtre dans une scène de ménage publique et tonitruante, et maintenant Roger-la-Clite, au commissariat de Cannes, commençait à déballer gentiment tout ce qu'il savait.

— Même si c'est une connerie, reprit Léa, ça m'a fait quelque chose, Boris, de jouer à être ta femme au restaurant...

Ils avaient gagné la Croisette où s'alignaient les façades étincelantes des grands hôtels. Le *Carlton*, le *Majestic*, le *Martinez*. Des noms célèbres dans le monde entier, que se répètent les starlettes de partout, la nuit, quand elles ne trouvent pas le sommeil et qu'elles rêvent au Festival qui, chaque année, en mai, fait de Cannes la capitale mondiale du cinéma. Même la proximité de la mer, sur la droite, une longue masse noire invisible et silencieuse, plus sombre que le ciel, ne rafraîchissait pas l'atmosphère.

De temps en temps, on entendait des sirènes de pompiers dans le lointain, du côté des collines de l'Estérel.

Certains des incendies commencés deux jours avant dans l'arrière-pays n'étaient toujours pas éteints. La veille encore, il y avait eu un début de panique sur la Croisette, en fin d'après-midi. Les plaisanciers et les estivants avaient vu brusquement le ciel devenir rouge sombre tandis qu'une odeur de cendres envahissait l'atmosphère.

(1) Arrestation en argot de policiers.

Poussés par le mistral, les incendies étaient presque arrivés aux portes de la ville, de l'ouest et de l'est en même temps, des maquis du Tanneron (vers Mandelieu), et de l'amphithéâtre de collines boisées qui entoure Le Cannet. Tout le monde savait que des brigades entières de sapeurs-pompiers continuaient à se battre contre l'irrésistible progression de l'enfer rouge.

— Tu entends ce que je dis ? demanda la blonde.

Boris obliqua du regard vers elle.

— Evidemment, souffla-t-il.

Elle le fusilla des yeux.

— Je te fais des propositions comme une dingue, murmura-t-elle, et c'est tout l'effet que ça te fait ?

Il sourit.

— C'est flatteur, murmura-t-il.

— Salaud, gronda-t-elle d'une voix rauque.

Il lui posa la main sur le bras.

— Ecoute, Léa, dit-il gentiment. Toi et moi, on sait de quoi il retourne, non ? On sait que c'est pas possible, il ne faut pas m'en vouloir. Nom d'un chien, je ne t'ai jamais rien promis, tu ne peux pas dire le contraire...

Elle hocha la tête.

— C'est vrai, murmura-t-elle. C'est moi qui suis conne. J'espèrais je ne sais quoi...

Son visage trop maquillé s'éclaira d'un sourire.

— Viens prendre un dernier verre chez moi, proposa-t-elle. Comme ça, on se quittera bons amis. Et puis si ça t'intéresse, j'ai encore un tuyau à te refiler. Un bien plus gros que Roger Micheletti...

Il l'examina.

— Tu n'essaies pas de m'emmener en bateau ?

— Tu verras bien, rit-elle. Qui ne risque rien n'a rien. Là c'est tout un réseau que je te propose. Ça ferait bien à ton tableau de chasse, non ?

Il toussota.

— On peut en savoir plus ? demanda-t-il.

Elle baissa les yeux.

— Celui qui dirige le réseau, murmura-t-elle, c'est le type qui me maque. Mon mec, quoi. Et je vais te le donner si tu viens boire un dernier verre chez moi...

CHAPITRE V

Elle lui avait mis un disque sur la platine avant de faire un tour dans la salle de bains. Il se laissa aller en arrière dans le profond fauteuil à oreilles. C'était tout rose, chez Léa, avec un luxe de cocotte de la fin du siècle dernier, des dentelles, des pompons, du bois doré, des soies et un parfum envoûtant sur tout ça qu'il n'arrivait pas à identifier. *Zodiac Minways* là-dessus, le groupe à la mode outre-Manche, une bande de types complètement défoncés qui font de la musique post-destroy et cultivent un look moitié *Hell's Angel*, moitié nazis psychédéliques, ça faisait un effet assez curieux qui allait bien avec la personnalité de Léa en fin de compte, ses tendances hybrides, contradictoires...

Il ferma les paupières en priant le bon Dieu qu'elle ne l'oblige pas à mettre les points sur les i sur le chapitre rapprochements et tendresses en tous genres.

Un peu de fraîcheur venait quand même de la fenêtre entrouverte, du port de plaisance du Moure-Rouge, au bout de la Croisette, le long du boulevard Gazagnaire. Il se sentait bien, comme chaque fois à la fin d'une enquête réussie. Il y avait toujours un moment délicieux. Une sorte d'entracte hélas bien trop bref, avant de recommencer son boulot quotidien qui consistait à traquer éternellement les dingues, les maniaques, les tordus du ciboulot, les ravagés de la gâchette et du sexe, et cela depuis quinze ans...

Il soupira, balançant dans sa paume droite son verre de whisky où se baladaient des glaçons cliquetants. Ça faisait le bruit d'un rideau de perles secoué par un vent léger.

Il releva la nuque.

La lueur rose qui filtrait d'un abat-jour de soie lui révéla une longue silhouette de fausse blonde qui avait gardé ses bas, ses jarretelles et sa gaine, mais n'avait plus ni slip ni soutien-gorge. Raison pour laquelle on pouvait constater à l'œil nu qu'il s'agissait d'une fausse blonde. Avec même une toison superbement noire, quelque chose de dense comme du crin, une fourrure luisante, épaisse, taillée en longueur pour pouvoir porter les slips très échancrés sur les aines d'aujourd'hui.

Il secoua la tête.

— C'était donc ça ! murmura-t-il. Tu es vraiment incorrigible !

Léa de Marceval se rapprocha en ondulant.

— Qu'est-ce qu'il y a ? Je ne te plais pas ? Je suis moche ?

— Mais non, tu sais bien...

— Alors quoi ? J'ai pas tout ce qu'il faut ? Tu as vu mes seins, hein ? Tu les as touchés ? Et ma chatte ? Je n'ai pas une chatte, une vraie chatte de vraie femme ? De quoi tu te plains ? J'ai pas tout ce qu'il faut, Boris ? Et mon cul, qu'est-ce tu en penses, de mon cul ?

Elle pivota sur elle-même, lui présentant deux hémisphères majestueux qu'on devinait extrêmement accueillants.

— Beaucoup de bien, murmura Corentin. Vraiment.

— Alors ? Tu es malade ou quoi ?

— Non Léa, fit doucement Boris. Mais tu oublies que je t'ai connue *avant*...

— Avant quoi ? cracha-t-elle.

— Ecoute, Léa, j'ai pas envie de parler de ça. Toi non plus. On laisse tomber, tu veux bien ?

Il referma les paupières. Léa de Marceval...

Elle s'appelait Léa comme lui Napoléon.

En réalité, elle avait été longtemps pour l'état civil, Léon tout simplement. Léon Peloux. Elle était née homme par le plus grand des malentendus, d'après elle. Une effroyable erreur de la nature. Une malédiction du ciel. En dedans elle était femme, intégralement femme, et pendant vingt-deux ans son âme de femme avait crevé de détresse dans cette enveloppe masculine qui lui servait de prison. Un abominable enfer. Elle avait suivi les étapes du calvaire que connaissent tous les hommes qui sont dans son cas. Elle avait commencé par se travestir. Puis ça avait été les injections massives d'hormones. Le traitement de ses seins au silicone. Les calmants pour supporter ces traitements. Le cercle vicieux. Et puis enfin le voyage à Tanger, au Maroc, pour parachever en beauté la métamorphose dans une clinique privée bien connue des êtres dans son genre, acharnés à tuer en eux la moindre trace de masculinité. L'opération chirurgicale, l'ablation de la verge et des testicules et la création d'un vagin artificiel, littéralement « sculpté » en utilisant la peau du pénis retournée...

Des larmes apparaissaient sous les paupières de Léa.

— Je suis aussi bonne à baiser qu'une vraie femme, tu sais, murmura-t-elle.

— Je n'en doute pas, souffla Boris le plus courtoisement qu'il put.

Elle vint s'accroupir près de lui. C'est vrai qu'elle était sacrément attirante, avec cette vaste poitrine, ces hanches riches et larges, et cette touffe de poils sauvagement noirs, là-bas, entre ses cuisses un peu écartées où luisait la naissance de la fente rose de son sexe.

Seulement voilà. Il l'avait connue avant. Quand elle était encore Léon Peloux et qu'il l'avait même serrée, une fois, parce qu'elle faisait la « fourmi » pour un réseau de trafiquants de drogue, afin de se payer son opération.

Impossible d'oublier l'adolescent d'alors, maigré, buté, hargneux. Impossible d'effacer cette image pour la prendre dans ses bras comme elle en rêvait...

— Rien qu'une fois, Boris, supplia-t-elle. Rien qu'une petite fois pour moi. Par charité. Pour que je ne me dise pas toute ma vie que je suis tarée ! Tu n'as pas le droit de me le refuser. Tu n'as pas encore compris que je crevais d'envie de toi, non ?

Il posa doucement son verre sur un guéridon d'acajou et saisit aussi doucement les poignets de Léa.

— Je ne te trouve pas raisonnable, dit-il. Quand un homme dit non, pourquoi ce serait oui ?

Il la regarda.

— Et puis franchement, tu serais flattée qu'on fasse l'amour ensemble « par charité »... comme tu dis ?

Une larme roula sur la joue du transexuel.

— Non, mais on peut toujours espérer que tu finisses par y prendre du plaisir. L'appétit vient en mangeant, c'est pas vrai ?

— Ecoute, Léa, ne parlons plus de ça, tu veux bien ? Je te souhaite d'être heureuse avec un type que tu aimeras. Moi, ça me dépasse un peu, pardonne-moi. Toutes ces histoires de changement de sexe, j'ai du mal à m'y habituer. Je dois être vieux jeu. Considère-moi comme ça si ça te chante. C'est sûrement ma faute, après tout.

Elle se cabra.

— J'en trouverai un, fit-elle, qui aura les idées plus larges que toi et plus modernes. Et avec qui je me marierai. Je veux avoir un foyer. Et des enfants.

Il la regarda.

— Pour le dernier point de ton programme, tu ne crois pas que tu exagères ? questionna-t-il.

Elle rejeta ses cheveux en arrière.

— Et alors ? siffla-t-elle. Tu n'as jamais entendu parler de nouvelles techniques de procréation ? Même les hommes, bientôt, pourront porter des enfants. Dans la cavité abdominale. Qu'ils mettront au monde par césarienne. Alors, pourquoi pas moi ?

Boris Corentin croisa les mains.

— Pourquoi pas, en effet. Mais justement. Si tu veux que je t'aide à réaliser ton programme, il faut que tu me donnes des tuyaux... Tu me l'as promis. Tu veux que ta route soit déblayée, non ? Alors vas-y. Déballe ce que tu sais. On verra ce qu'on peut faire pour toi...

Léa se leva. Elle était toujours nue. Ses jarretelles noires coupaient des longues cuisses de femme où il y avait même un peu d'authentique cellulite. Corentin se demanda s'il aurait deviné quel avait été son sexe d'origine, s'il n'avait rien su de son passé. Il haussa les épaules. Elle était aussi désirable qu'une autre, bien sûr. Mais c'était le côté tortueux de son histoire qui le dégoûtait un peu. Depuis toujours il était attiré par la santé et la simplicité, dans les histoires de sexe. Une simple réaction de survie, en somme, de sa part. Les pervers et les tordus, il en voyait professionnellement à longueur de journée, c'était un réflexe naturel de les fuir, surtout là, dans ce domaine où leurs talents s'épanouissaient...

— Je veux m'en sortir en effet, dit-elle. Je veux devenir une vraie femme honnête... Tu imagines bien qu'il y en a à qui ça ne va pas tellement plaire et qui vont essayer de me le faire payer...

— J'imagine, murmura-t-il. Qui ?

Elle chercha une cigarette. Elle s'était rassise en face de lui, jambes croisées, la droite haut levée sur son genou. De là où il était, elle lui criait, par le panorama sombre, velu et rose de son entrejambe, qu'elle était bien ce qu'elle paraissait être et rien d'autre, et qu'il était vraiment un idiot de ne pas profiter de l'occasion qui s'offrait.

— Azuelos, murmura-t-elle. Azuelos et les autres, bien sûr. Daniel Azuelos. C'est lui mon mec.

CHAPITRE VI

La phénoménale boîte noire que Boris Corentin avait dans le cerveau lui permit de faire aussitôt défiler une fiche de renseignements aussi précise que s'il l'avait dénichée dans les archives de la P.J. ou si elle était apparue sur un écran d'ordinateur.

Azuelos. Daniel. Né à Constantine. Truand notoire évidemment. Un joli pedigree si ses souvenirs étaient bons. La cinquantaine, trapu, costaud. Officiellement agent de fabriques. Officieusement, il avait un compte à numéro, à Zurich, qui n'arrêtait pas de s'arrondir. Il avait passé une partie de sa vie, une dizaine d'années, aux Etats-Unis, à Philadelphie, à travailler pour la Mafia. Là-bas, sa spécialité d'après ce qu'on racontait consistait à effacer ses victimes de la surface de la terre en les broyant — vivantes bien sûr — dans la presse hydraulique d'une casse de voitures... Invérifiable, bien sûr. Une rumeur qui lui collait au train et qui avait fait pas mal pour sa gloire. Il paraît qu'en plein boulot, il n'arrêtait pas de mâchonner son chewing-gum, superbement insensible aux hurlements de sa victime... Enfin, on ne prête qu'aux riches, n'est-ce pas ? Dans ces trois dernières années, le nom d'Azuelos était revenu à la surface autour de la disparition de deux filles qu'on avait retrouvées, l'une près d'Antibes, l'autre à Saint-Raphaël, massacrées de la même façon. D'après ce qu'on disait, elles appartenaient à l' « écurie » Azuelos. Mais on n'avait rien pu prouver, évidemment. Azuelos était le roi du non-lieu, une sorte de champion toutes catégories du casier judiciaire vierge. A part ça, il avait un réseau compliqué de traite de filles, sur la Côte, entre Toulon et Monaco, et il fournissait toutes les demandes. Le Midi fourmillait de milliardaires prêts à payer cher leurs petits caprices. Chaque nuit, des yachts gros comme le Casino du Ruhl quittaient Saint-Tropez, Nice ou Cannes, avec leur cargaison de chair fraîche à consommer au large, et Azuelos arrondissait ses économies. De temps en temps, les filles ne revenaient pas. Mais de mémoire de truand méditerranéen on n'avait jamais vu Azuelos verser la moindre larme parce qu'une de ses « protégées », un peu trop abîmée au cours d'une nuit bien arrosée, ne refaisait pas surface. Il n'avait rien d'un sentimental.

Léa de Marceval en était à son quatrième scotch et, calée dans son fauteuil en face de Boris, une cuisse passée sur l'accoudoir gauche, avait l'air de se moquer éperdument des aperçus plongeants et foisonnants qu'elle offrait à son vis-à-vis sur sa féminité toute fraîche.

— Il y a des tas de rabatteurs, expliqua-t-elle.

Des types qui embobinent les nanas, les rassurent, les emballent... Ce qu'il apprécie le plus comme clientèle, c'est le vicelard à gros fric.

— Pourquoi ? interrogea Boris.

— Parce que, plus ils sont tordus et plus ils raquent, bien sûr. Le gros salopard, diamantaire à Hambourg, pour prendre un exemple, qui ne prend son pied qu'en fouettant des filles jusqu'à ce qu'elles crèvent, c'est l'idéal pour lui. Les vieux dingues sont ceux qui allongent le plus facilement. J'ai même entendu parler d'un industriel de Hong-Kong qui ne pouvait baiser une fille qu'à condition de lui arracher la tête en même temps en la décapitant à la scie électrique... Tu vois le tableau ?

— Je préfère pas, murmura Corentin en se demandant s'il n'allait pas vomir.

Elle le regarda.

— Note bien que c'est l'exception. Les autres en restent aux folies ordinaires. Coups de cravache ou accessoires divers dans les orifices *ad hoc*. N'empêche que chaque année il en disparaît un bon paquet, des pauvres malheureuses qui tombent entre les pattes d'Azuelos. Celles qu'on lui ramène et qui ne sont plus du tout présentables, en particulier...

Boris siffla.

— C'est pour ce type que tu tapines ? Tu n'as peur de rien, toi, dis donc !

Elle haussa les épaules.

— Oh, moi je suis sa préférée, qu'il dit. Pour le moment je n'ai pas trop à m'en faire parce qu'il tient à me garder. Oui, une bizarrerie. Ça l'excite, lui, que j'aie été un homme, tu vois...

Son regard devint fixe.

— Mais le jour où ça ne l'excitera plus...

Elle se secoua.

— C'est pour ça que j'aimerais mieux prendre les devants, tu comprends ? Ça fait déjà longtemps que je me torture la cervelle en imaginant toutes les combines possibles. Je ne veux pas m'adresser aux flics du coin, j'ai pas confiance.

— Pourquoi ?

— Je ne dis pas qu'ils sont pourris. Mais quand ils auront serré Azuelos, ils ne se gêneront pas pour claironner partout que c'est moi qui l'ai balancé. Et Azuelos, il a énormément de copains, tu vois le topo ? Ils s'amuseront à m'arracher les yeux rien qu'avec leurs doigts pour que j'aie le temps de tout regretter bien en détails...

— Je vois, murmura Boris Corentin.

— Il n'y a qu'en toi que j'ai confiance, Boris. Même si tu ne veux pas me baiser...

— On ne va pas remettre ça ?

Elle secoua tristement la tête.

— Non, laissa-t-elle tomber. J'ai compris. Tout ce que je te demande, c'est de m'aider en me donnant ma chance. Je peux te refiler pas mal de détails sur le réseau d'Azuelos et sur ses habitudes... Ensuite ce sera à toi de jouer. A condition bien sûr que tu ne me mettes pas dans le coup. Jamais.

— Je te le promets, assura Corentin.

— Bien, lâcha-t-elle. Alors je vais essayer de te dire tout ce que je sais de lui. Ça ne va pas loin, hélas, je ne le vois qu'une fois par mois à peu près. Il vient ici, il me dérouille, il ramasse le blé, il me dérouille de nouveau, il me baise et ensuite tchao, à la prochaine...

Elle glissa la main droite le long de son ventre et ses doigts crissèrent dans les poils bouclés de son pubis.

— Tu comprends que j'aie envie d'essayer de repartir de zéro, non ?

Boris hocha la tête.

— Je vais voir ce que je peux faire pour toi, murmura-t-il. Mais n'attends pas des miracles. D'ailleurs, il faut que j'en réfère à mon patron, tu sais ? La première des conditions : qu'il arrive à ne pas croire que je tire au flanc et que j'essaie de me payer une semaine de vacances au soleil aux frais du contribuable. Tu vois, Léa, c'est quand même pas gagné...

CHAPITRE VII

Boris Corentin s'étira en manquant de faire chavirer son plateau de petit déjeuner, le récepteur coincé entre son oreille et son épaule. Une grande barre d'or dégringolait en travers de la chambre et faisait danser dedans des myriades de poussière. L'hôtel de *la Madone,* avenue Justinia, ce n'était peut-être pas le grand luxe des super-palaces de la Croisette, le *Majestic,* le *Martinez* ou le *Carlton,* mais ça ne manquait quand même pas de charme. Une grande maison confortable, entourée d'un jardin, avec une piscine et un solarium. Le maximum qu'on pouvait faire, en tout cas, avec les bons roses de la Brigade Mondaine...

Il toussota.

— L'un dans l'autre, Monsieur le Divisionnaire, je ne me suis pas mal débrouillé dans l'affaire Micheletti, non ?

Il y eut un grognement au bout du fil.

Charlie Badolini, chef de la Brigade Mondaine, célèbre intoxiqué de la nicotine, était en train d'essayer de s'éclaircir la voix.

Corentin l'imagina dans son grand bureau du 36 Quai des Orfèvres, au deuxième étage, où, en quinze ans, ils s'étaient retrouvés si souvent face à face à ruminer des affaires vaseuses et, la plupart du temps, dégueulasses à souhait.

— Patron, reprit-il, vous ne pouvez tout de même pas dire que ça a traîné, n'est-ce pas, l'affaire Micheletti ?

Le chef de la Brigade Mondaine cracha encore un peu ses poumons, puis :

— Qu'est-ce qu'il y a, Corentin ? Vous cherchez des compliments ou quoi ? Ça ne vous ressemblerait pas.

Boris sourit pour lui-même. L'idée de quêter des compliments de la part du plus teigneux des chefs de Brigades qu'on avait jamais vus de mémoire de policier lui paraissait la chose la plus saugrenue du monde.

— Pas du tout, fit-il. Mais vous avez l'air de vous méfier, alors que je vous propose Azuelos sur un plateau, et...

— Sur un plateau ? Vous allez peut-être un peu vite, non ?

— En tout cas, d'après mes renseignements, il s'agit de tout un réseau de proxénétisme étendu à la Côte d'Azur et qu'on n'a jamais sérieusement cherché à démanteler. Je ne prétends pas que j'y arriverai. Mais si mes tuyaux sont bons, il s'agit d'une affaire vraiment très « Mondaine »...

— Ecoutez, reprit Badolini après un petit silence, si je ne vous connaissais pas, je croirais que vous êtes en train de me faire un enfant dans le dos. Surtout que Brichot prend ses vacances dans le coin, si je ne me trompe, hein ?

— Pas exactement dans le coin, patron. A la Garde-Freinet.

— Ouais. Par l'autoroute c'est pas le bout du monde. De toute façon je vous connais, alors l'éventualité est écartée d'office.

Il réfléchit un instant.

— O.K. Vous avez le feu vert. A condition de vous couvrir du côté du SRPJ, à Nice, bien entendu. Pas question que vous marchiez sur leurs plates-bandes sans prévenir... Du côté du commissariat de Cannes, je suppose que vous avez mis Bazelas dans votre poche ?

— Soyez tranquille, patron, le commissaire principal Bazelas est en train de faire revenir Micheletti aux petits oignons que c'est un plaisir de voir ça. On aurait dit, hier soir, que je lui offrais une boîte de rahat-loukoums...

— Bien, bien, apprécia Charlie Badolini. Pour les rallonges de bons roses et le reste, vous feriez bien d'appeler Dumont.

L'inspecteur Dumont. Le bras droit, depuis vingt ans, de Charlie Badolini...

— Et puis faites gaffe quand même, Boris, murmura le chef de la Brigade Mondaine. D'après ce que je sais, Azuelos n'est pas vraiment une tendre. Ça m'ennuierait énormément qu'on vous retrouve en train de flotter au large des îles de Lérins, vous savez ? Enormément, Boris.

En raccrochant, Corentin se sentit tout chose. C'était pas souvent que Badolini employait son prénom, même si ça faisait belle lurette qu'il savait que la vieille peau de vache qu'il était, en apparence, cachait un cœur d'or sous sa carapace de patron toujours en pétard et qui a choisi le genre tête à claques pour mieux se faire respecter...

***

Dans les dix minutes qui suivirent, Boris Corentin régla les détails d'intendance. D'abord avec Dumont la question des bons roses. Il fallait aussi faire subdéléguer sa commission rogatoire par le juge d'instruction auquel il allait rendre visite tout à l'heure, au Palais de Justice. Pas question d'avoir des ennuis avec la magistrature. Puis il appela le SRPJ de Nice où le commissaire divisionnaire Gordoli semblait avoir d'autres chats à fouetter.

— Ne vous faites pas d'illusions, Corentin, l'avertit-il. Nous, ici, avec Azuelos, on est tous grillés. Si on a des tuyaux on vous les repasse, bien sûr. Mais il nous connaît tous et, dans le genre méfiant et rusé, il pourrait donner des leçons à un régiment de serpents. Inutile de vous dire qu'on ne peut le coincer sur rien. Sur rien. Vous entendez ?

Ça commençait bien. Il décida de ne pas se laisser démonter pour si peu et composa le numéro du commissariat de Cannes.

La voix du commissaire principal Alex Bazelas vibrait dans le combiné comme une ligne à haute tension. Il écouta à peine ce que lui racontait Corentin à propos d'Azuelos. Puis il enchaîna.

— Ecoutez, tout le monde est en ébullition, ici, et il y a de quoi !

— Oui ?

— La nouvelle vient seulement d'arriver parce qu'il a fallu deux jours pour identifier le corps. Vous savez qu'il y a eu cinq ou six morts, dans les incendies du week-end ?

— Bien entendu.

— Eh bien parmi eux il y a une vieille connaissance à nous, je vous en donne la primeur : les medias ne sont même pas encore au courant. Quelque chose de sensationnel ! Enfin, une vieille connaissance... Elle avait tout juste vingt ans, voyez-vous, mais un palmarès digne de rester dans les annales du crime au féminin. Quelque chose d'assez stupéfiant. Ça vous dit quelque chose le nom de Raphaëlle Harbin ?

Boris se passa la main sur sa mâchoire pas rasée.

— Un peu, murmura-t-il. J'ai lu comme tout le monde son arrestation, il y a six mois à peu près... Qu'est-ce qu'elle avait fait, déjà ? Elle avait bousillé un type, non ? Un photographe, je crois. En s'acharnant sur son cadavre d'une façon pas tellement courante... Assez atroce si j'ai bon souvenir. Elle a commencé par l'étrangler. Et puis elle lui a crevé les yeux, c'est bien ça. Et puis elle lui a coupé le...

— Dites donc Corentin, jeta Bazelas, vous ne manquez pas de mémoire, vous ?

— On me l'a déjà dit, murmura Boris modeste. Je crois même me rappeler que le crime a eu lieu à Saint-Paul-de-Vence, pendant les vacances de

Pâques, à l'hôtel de la *Colombe d'Or*. La fille s'est introduite dans l'hôtel, elle est montée jusqu'à la chambre du photographe et... Et on n'a jamais su pourquoi elle avait fait tout ça. Je me trompe ?

— Vous êtes exactement dans le vrai, Corentin, reconnut le commissaire principal Alex Bazelas. C'est exactement ce qui s'est passé. Depuis, elle refusait de donner les motivations de ce crime... Comme elle avait déjà fait, par le passé, plusieurs séjours en hôpital psychiatrique, on s'est demandé si elle était vraiment responsable de ses actes. Alors on l'a fait mettre en observation au CHU de Grasse, histoire de trancher. Elle y était depuis trois semaines. Inutile de vous dire que les psychiatres s'amusaient. D'après leurs premières conclusions, elle était complètement parano. Dingue finie, quoi, mais les psychiatres n'emploient pas ce genre de vocabulaire. Enfin bref, un vrai danger public. Probablement qu'on aurait fini par conclure qu'elle faisait partie des « sujets non punissables », aux termes du nouveau Code Pénal, article 31... Elle en aurait eu pour une quinzaine d'années à tirer dans un service psychiatrique... Je me demande si elle n'a pas eu raison de préférer partir en fumée.

— Elle est morte ? interrogea Corentin.

— C'est ça la nouvelle sensationnelle. Ça a un peu traîné parce qu'on avait des difficultés pour l'identification, mais maintenant on est sûrs. On va autopsier ses restes, mais c'est bien elle. Elle avait essayé de profiter de la catastrophe pour s'enfuir. Elle a pris par surprise sa gardienne, l'agent qui la surveillait. Elle l'a assommée et ligotée au fond d'un placard. Idem pour la surveillante du service, à qui elle a piqué en plus sa blouse. Et elle s'est tirée. Je me demande comment elle s'y est prise, mais elle a foncé droit sur le feu. Peut-être à cause des calmants, des trucs et des machins qu'on lui faisait prendre et qui lui déformaient les contours de la réalité ? Peut-être pour une autre raison ? D'après les psychiatres, elle avait des tendances à la pyromanie. Il paraît que c'est une manifestation de pulsion sexuelle. Enfin bref, on l'a retrouvée au milieu du parc de l'hôpital, transformée en méchoui. L'affaire Raphaëlle Harbin est close, quoi. Faute de combattants.

Corentin toussota. La grande barre de soleil progressait dans la pièce, allumant l'un après l'autre les objets, la télé, la chaise, le rideau de douche. Quelqu'un, dans une autre chambre de l'hôtel, avait tourné le bouton de sa radio à fond. Toutes les cinq minutes, on vous balançait le signal sonore de Radio-Monte-Carlo, des fois que vous l'auriez oublié.

— Elle est morte avec son secret, alors ? demanda-t-il.

— Vous voulez dire le crime ? interrogea Bazelas. Là-dessus elle l'a bouclée jusqu'au bout. Même aux psychiatres. Elle voulait bien leur raconter des histoires de son passé, s'étendre pendant des heures sur son enfance, sur le souvenir de sa mère. Mais l'assassinat du photographe, elle prétendait même qu'elle l'avait oublié. Comme je vous dis. Un trou de mémoire. Une absence. Elle disait qu'elle s'était « réveillée » au milieu de la chambre de sa victime, à la *Colombe*, et qu'elle n'avait pas compris ce qu'elle fichait là... Il paraît que ce sont des comportements habituels chez les malades du ciboulot. Enfin bref, même si elle simulait, on ne le saura jamais.

Il y eut un long silence, et puis Bazelas reprit :

— Au fait, vous m'appeliez pourquoi ?

— Oh, trois fois rien, murmura Boris Corentin. Une broutille.

— Vous connaissant, fit Bazelas, ça m'étonnerait.

— J'ai des tuyaux qui pourront peut-être, je dis bien peut-être, permettre de coincer Azuelos. Daniel Azuelos. Ça vous intéresse ?

Il y eut un petit sifflement au bout du fil.

— Merde, dit Bazelas. Vous n'avez pourtant pas l'air d'un candidat au suicide ?

Corentin sourit. Il y avait encore un peu de café dans sa tasse. Il l'avala. Au-dessus, dans l'hôtel, l'amateur de radio vous faisait bénéficier des dernières nouvelles. Les chiffres du jour, dans le Midi. Les morts. Dix mille hectares de forêts et de collines brûlés pendant le week-end sur la Côte d'Azur. Quarante mille en tout depuis le début de l'année. Quelqu'un hurlait dans le poste que c'était à cause du débroussaillage préventif qui n'avait jamais eu lieu. Une autre personne accusait les automobilistes qui lancent des mégots par la portière. Une troisième avait très nettement vu des silhouettes s'enfuir d'un endroit où le feu venait de jaillir, dans les Alpes Maritimes, pas très loin de la montagne Sainte-Victoire, à l'est d'Aix-en-Provence. Il y avait aussi le cortège des malheureux qui avaient tout perdu pendant ce week-end d'horreur. On accusait aussi les secours trop lents, les Canadairs inefficaces. Enfin, une femme en larmes se mit à vociférer tout près du micro que les incendiaires pris sur le fait, il fallait les suspendre par les testicules à un hélicoptère et les descendre tout doucement au beau milieu du feu. Puisqu'ils aiment ça, les incendies, il faut les aider à les regarder de près! hurlait-elle.

« Le mistral peut tout rallumer d'un instant à l'autre », conclut le présentateur rassurant.

— Je ne tiens pas à marcher sur vos plates-bandes, reprit Corentin. Les flics de Paris, j'ai l'expérience, ça énerve pas mal les autorités locales. A Nice, au SRPJ, ils n'ont pas l'air de trop s'en faire. Alors, je voulais savoir si, de votre côté...

Il y eut un rire.

— De notre côté, c'est pareil, Corentin, émit Bazelas. Qu'est-ce que vous croyez? Azuelos, si on pouvait le coincer, il paierait pour toutes les heures de planque inutiles qu'il nous a déjà coûté. Toutes les nuits à poireauter pour rien en buvant de la bière et en fumant parce qu'on s'énerve dans ces cas-là. Seulement il est super-futé, vous aurez du mal à dégoter le moindre truc. Rien n'est à son nom. Même pour fraude fiscale, on ne pourrait pas le faire tomber, on y a pensé...

— Je sais, fit Corentin. Je sais que je n'ai pas une chance sur dix. Mais je voudrais quand même la tenter. Avec votre accord, bien entendu.

L'autre sourit.

— Vous l'avez. Et même notre aide, si ça peut servir à quelque chose. Ce dont je doute : on est grillés avec Azuelos, vous savez... J'espère quand même que vos tuyaux sont bons...

— Ne me demandez pas d'où ils viennent, fit Corentin, c'est tout ce que je mets comme condition. La personne qui me rencarde tient énormément à rester hors champ.

— Ça peut se comprendre, murmura Bazelas.

Et tout de suite après, il se remit à parler de la nouvelle du jour. Les restes carbonisés de Raphaëlle Harbin.

***

Un petit coup de fil aux Brichot, quand même, rien que pour leur dire qu'il ne les oubliait pas.

— Si ça se trouve, fit Corentin au bout du fil, je viendrai peut-être même faire un plongeon dans ta piscine de milliardaire, un de ces prochains jours, Mémé !

— Tu parles, jeta Aimé Brichot dans le récepteur. Ma piscine de milliardaire, comme tu dis, elle est en train de me ruiner. Elle a viré au vert il y a deux jours et depuis on ne voit même plus ses genoux quand on est dedans, tellement elle est opaque. Une vraie mare à canards. Il paraît que ça arrive souvent quand le temps change, se met à l'orage. Quoi qu'il en soit, je me ruine en produits du genre chlore et algicides. Tu n'imagines pas ce que ça peut coûter ! Et toujours pas d'amélioration. Les jumelles ne veulent plus s'y baigner tellement elles trouvent que ça fait sale. Elles disent qu'on va bientôt voir apparaître des grenouilles, si ça continue !

Il s'interrompit.

— A part ça, c'est le paradis complet, Boris. La villa est merveilleuse, le paysage grandiose, le calme total et tout ça t'attend évidemment les bras ouverts quand tu voudras !

Avant qu'ils ne raccrochent, Aimé Brichot eut une petite hésitation.

— Boris, murmura-t-il d'une voix soucieuse. Je sais bien que c'est idiot de te dire ça à toi, mais fais gaffe sur ce coup-là. Azuelos, d'après ce que je comprends, ce n'est pas vraiment le type qui hésiterait à liquider un policier qui se met en travers de sa route.

— Ne panique pas, Mémé, répliqua Boris. Si je dois coincer Azuelos, il ne s'en apercevra qu'*après.* Pas avant.

— Oui, mais je me fais déjà du souci de te savoir seul sur l'affaire.

— Hé, jeta Corentin en riant, je n'ai pas l'intention de gâcher tes vacances ! Tu as déjà ta piscine, ça suffit comme ça !

CHAPITRE VIII

Il venait un peu d'air frais de la mer, mais surtout pas mal de parfums d'huile solaire, on aurait dit que ça montait des premières vagues. Boris Corentin traversa la Croisette devant le *Carlton*, en direction du *Carlton Beach*. Il y avait des drapeaux qui claquaient dans le vent, et même un grand étendard bleu-blanc-rouge devant le *Palace*.

Il s'effaça pour laisser passer une véritable colonie de vacances. A peu près une quinzaine de gosses, garçons et filles, surveillés par quatre femmes voilées jusqu'au ras des paupières et enveloppées de tchadors gris, qui se dirigeaient vers la plage. Toute la petite famille d'un milliardaire du golfe Persique venu goûter aux délices de la Riviera française avec son harem. Bien entendu, ses femmes allaient rester voilées sous le grand soleil tandis que les mômes s'ébattraient dans les vagues.

Boris descendit les marches et avança dans le sable. Le vent agitait les palmiers sur la Croisette, rien qu'un début de mistral pour le moment, mais les braises dans les collines derrière eux, à travers le paysage de désolation qu'était devenue une grande partie de l'arrière-pays, ne demandaient que l'occasion de se ranimer sous le souffle du vent.

Boris fit quelques pas au milieu des corps écrevisses affalés dans le sable, sur les transats, les matelas pneumatiques ou les serviettes. Pour l'amateur éclairé, il y avait une assez jolie collection de poitrines féminines. Ça allait des toutes jeunes à peine esquissées, rien que des allusions de seins avec des pointes rose thé, aux plus mûres et maternelles à gros bouts marrons et à aréoles grandes comme des soucoupes. En passant par toute la gamme des fruits plus ou moins à point, pamplemousse, oranges, citrons ou poires... Il renvoya un ballon qui venait de lui atterrir contre les jambes, jeta sa serviette à terre et s'assit, perdu dans la contemplation de la mer. A vrai dire, la mer on ne la voyait pas tellement, étant donné qu'elle disparaissait sous les nageurs, les bateaux et les planches à voile. Malgré tout, avec de la chance, on pouvait encore entrevoir quelques belles taches turquoises qui miroitaient sous le soleil déjà écrasant.

Au bout d'un moment, il aperçut un bout de ficelle vert fluo qui descendait vers les vagues. Le bout de ficelle en question était coincé entre deux somptueuses fesses dansantes qui avaient l'air de vouloir le manger à chaque pas. Plus haut, la fille avait l'air de sortir de séances accélérées de body-building. On aurait pu compter les paquets de muscles de son dos, détailler les deltoïdes, suivre le dessin des triceps. Ça ne l'empêchait pas d'être follement désirable. Elle était blond paille, les cheveux coupés ras sur la nuque et, à vu de nez, à peu près grande comme lui. Il se mit debout.

— A l'attaque, décida-t-il.

La fille en string fluo était en train de se glisser entre deux vagues avec des souplesses d'articulations de nageuse olympique. Elle commença à s'éloigner vers le large en crawlant puissamment. Boris, qui était resté volontairement sur sa faim, bien sûr, avec Léa de Marceval, se dit qu'il avait des siècles de plaisir en retard à rattraper. Il se retrouva bientôt à la hauteur de la blonde. Celle-ci, l'apercevant, ralentit l'allure.

— Si les femmes se mettent à être aussi athlètes que les hommes, qu'est-ce qui va nous rester à nous ? jeta-t-il.

Elle rit en se retournant sur le dos.

— Dites donc, fit-elle, vous ne doutez de rien, vous ! On dirait que vous êtes du genre de dragueur à n'avoir encore jamais essuyé d'échec...

Corentin prit l'air contrit.

— Excusez-moi si je vous ai embêtée, murmura-t-il.

Elle se mit à nager sur place, de côté. Ses seins menus aux pointes roses flottaient au ras des vaguelettes. Une planche à voile cramponnée par un gamin d'une dizaine d'années fonça sur eux et obliqua au dernier moment vers la gauche.

— Je voulais dire, fit-il, comment on va distinguer les hommes des femmes si vous commencez à vous battre aussi sur le chapitre du muscle ?

Elle le regarda. Elle avait un visage étroit, triangulaire, avec une grande bouche au milieu, tellement large qu'elle en était indécente.

— Et alors ? questionna-t-elle. On ne vous a jamais dit que la différence sexuelle était là et pas ailleurs ?

— Là, où ? questionna Corentin hypocritement.

— Là, répéta la blonde en avançant pour la deuxième fois la main vers le slip de Corentin, noir avec un charmant petit dessin jaune et rouge sur la hanche gauche. Vous voulez que je précise ma pensée ?

— J'ai idée que ça ne serait pas désagréable...

Les doigts de la blonde, sous l'eau, enveloppèrent quelque chose qui se mit à grossir de volume assez rapidement.

— C'est de ça que je veux parler, souffla-t-elle en continuant à battre des jambes pour rester à la surface. Et ça m'a l'air pas mal du tout.

Sous sa paume, la chose en question continuait à grossir.

— Pas mal, répéta-t-elle. Mieux que pas mal. Exceptionnellement bien, même...

Il l'attira vers lui.

— Maintenant qu'on a fait connaissance, dit-il, on pourrait se présenter ? Moi c'est Boris.

— Moi c'est Della, fit la blonde.

Elle éclata de rire.

— Et ma copine qui est en train de nager vers nous, c'est Peggy.

Boris tourna la tête vers la plage. Une autre blonde aux cheveux exactement taillés comme ceux de Della se rapprochait. Elle avait à peu près le même gabarit. On aurait dit des sœurs jumelles. Il se détacha d'elle.

— Hé, fit-elle. N'aie pas peur, tu ne risques pas de la choquer.

Elle vait glissé la main sous l'élastique de son slip. Elle se mit à l'empoigner doucement, glissant le long de son membre autour duquel ses doigts fins avaient du mal à se refermer. Elle le regarda avec de grands yeux bleus de dévoreuse.

— Seulement j'espère que tu as de la santé. On ne fait jamais rien l'une sans l'autre. Alors si tu me veux, il faut prendre aussi Peggy, tu t'en ressens ?

La « jumelle » était près d'eux. Son string à elle était rouge cramoisi. Et elle avait la même vaste paire de fesses, les mêmes seins menus, le même visage fin et triangulaire, les mêmes épaules athlétiques.

— Je crois que ça ira, murmura Corentin quand même un peu inquiet.

— Je veux, que ça ira ! fit Della admirative, rapport à ce qu'elle tenait dans la main droite.

Elle se tourna vers Peggy qui ressortait de l'eau, cheveux tout lisses et ruisselants.

— Il est monté comme un âne, je ne te raconte pas, fit-elle avec une simplicité toute biblique.

CHAPITRE IX

Boris Corentin se retourna, vanné, dans le grand lit de l'hôtel de la *Madone* où Peggy et Della avaient laissé un peu de leurs parfums, pas mal de sueur et même une petite rigole de sable au creux des draps. Il n'y avait plus de lumière du tout, dehors, entre les lamelles des volets. Rien que la lueur bleue d'un soir d'été torride, la nuance caressante et veloutée de la lune.

Il soupira. Les deux blondes adeptes du body-building l'avaient allégrement pompé jusqu'à la moelle épinière. En plus, elles pratiquaient effectivement le culturisme, à Paris, dans un club de musculation, ce qui n'arrangeait rien pour sa santé à lui.

Pendant trois heures de temps, il avait eu l'impression d'être manipulé par les deux athlètes blondes comme une vulgaire paire d'haltères de fonte ou un Body-Blaster pour développer les pectoraux... A part ça, elles étaient fabuleuses, déchaînées, elles n'arrêtaient pas d'en redemander et il aurait été le dernier des ingrats de se plaindre.

N'empêche qu'il avait été soulagé lorsque, vers 18 h 30, elles lui avaient dit qu'elles étaient prises pour la soirée. Une soirée assez chaude, s'il avait bien compris. A laquelle elles n'allaient pas participer gratuitement.

— 5000 francs pour chacune, avait précisé Peggy. Qu'est-ce que tu dis de ça ?

— Qu'il n'y a plus de morale, soupira Boris Corentin.

— D'accord, mais on est invitées chez des connaisseurs. C'est nos musculatures qui les intéressent. Ils veulent une exhibition. Des esthètes, quoi...

— J'espère que vous n'aurez pas de mauvaises surprises, dit Boris.

— Rabat-joie ! jeta Della. Si on ne rentre pas trop tard, on viendra te dire un petit bonsoir et te raconter notre soirée...

Il écrasa pensivement sa cigarette dans le cendrier, sur la table de chevet. Il était maintenant 19 h 30 et il avait toute sa soirée libre. Seulement il n'avait plus du tout envie de se remettre en chasse. Vraiment plus.

Il essaya de rassembler mentalement ce qu'il savait sur Azuelos. Pas grand-chose. Des adresses de bistrots qui servaient de points de rendez-vous à ses troupes, surtout. L'adresse aussi de son domicile particulier. Sa planque. Une grande villa dans l'arrière-pays, qui n'était d'ailleurs pas louée sous son nom. Et puis des suppositions sur certains passages de filles vers l'étranger. Des mineures parfois, d'après Léa de Marceval, qui traversaient la frontière — droguées et accompagnées bien sûr — par le train de nuit tout simplement, à Vintimille, parce qu'à cette heure-là en général les flics et les douaniers ne sont pas tellement curieux. Mais tout ça hélas c'était des suppositions. Rien de précis. Aucune certitude. Et on ne pouvait pas agrafer Azuelos comme un petit truand minable, c'était impossible...

Il vira vers le téléphone qui se mettait à grelotter.

— Boris ? fit la voix de Léa. *Il* sort d'ici. *Il* a passé l'après-midi avec moi. Viens me voir, tu pourras admirer la plus jolie collection d'ecchymoses que tu aies jamais vue...

Elle sanglotait. Elle mit dix minutes à lui dire qu'Azuelos avait rendez-vous dans un bar, sur les allées de la Liberté, devant le port, avec deux filles dont il devait assurer la livraison. C'était pour ça d'ailleurs qu'il avait cessé de la cogner. Parce qu'il était attendu vers 19 h 30.

Boris regarda sa montre : 19 h 45.

— C'est maintenant que tu me dis tout ça ? rugit-il en jaillissant du lit. Nom d'un chien, Léa, tu veux l'avoir à perpète sur le dos, ton Azuelos, ou tu as toujours envie de t'en débarrasser ?

Il se retrouva dehors en pantalon de toile bleue et Lacoste bleue également sans se souvenir très nettement des étapes de son rhabillage. De l'hôtel au port, il y avait à peine dix minutes à pied, à condition d'arriver à se faufiler dans la cohue de la Croisette, au milieu des promeneurs assommés de soleil et traînant mollement des espadrilles, le long des boutiques de luxe qui faisaient du coin une sorte de réplique géante interminable de la rue de la Paix, à Paris.

Avec un peu de chance, c'était jouable...

CHAPITRE X

Hugo Probst avança son visage bronzé à la Jean Yanne au-dessus de la nuit bleue lumineuse dans laquelle baignait le panorama. En bas, tout en bas, les premiers invités commençaient à arriver, mais personne ne montait jamais jusqu'à son appartement particulier, c'était la règle. Il regarda pensivement l'or foncé de l'armagnac qui chauffait dans sa paume droite et se réintéressa à l'immensité du paysage. La lune envoyait ses cataractes de rayons bleus sur les collines, tout là-bas, les croupes parallèles du massif cristallin des Maures, vers l'ouest, les crêtes plus déchiquetées et rabotées de l'Estérel, à l'est. On était entre les deux. A ses pieds, il avait toute la plaine viticole paisible déjà presque endormie, des massifs de pins et de chênes-verts, des buissons d'oliviers et les boules vert sombre, aériennes, des pins d'Alep aux troncs torturés et à l'écorce bleue.

Il releva les yeux. Derrière les Maures et l'Estérel, tout là-bas, à une quarantaine de kilomètres, c'était la mer. Saint-Tropez, Sainte-Maxime,

Saint-Raphaël. Les embouteillages de la Côte, le bruit et la fureur des vacanciers, un chapelet de campings et de constructions modernes et laides à n'en plus finir. Des coins infréquentables jusqu'au 20 ou 25 août, quand le gros des vacanciers commence à regagner les villes et les bureaux. Alors, les vrais connaisseurs peuvent sortir enfin de leurs tanières et aller prendre l'apéritif chez Sénéquier, à Saint-Tropez... Hugo Probst ne quittait plus son repaire jusqu'au début de septembre, chaque année. D'ailleurs, qu'est-ce qu'il aurait pu faire dehors ? Il avait tout sur place, dans son nid d'aigle...

Il releva la tête. Par petits vols cardiaques, affolés, les chauves-souris avaient commencé leur ronde, il y en avait qui descendaient vers les projecteurs de la terrasse, attirées par les lignes compliquées et onduleuses de lumière rose sous les grands canapés baroques dans lesquels se dissimulaient les réseaux d'électricité, ce qui faisait que l'éclairage venait du sol comme si un feu calme couvait sous les sièges en permanence.

La villa d'Hugo Probst, si on pouvait appeler ça une villa, se trouvait à peu près au milieu d'un triangle formé par Draguignan, Lorgues et le Muy. Une région encore presque intacte, échappée par miracle à la furie des promoteurs immobiliers. Il ferma les yeux, dilatant les narines pour sentir l'odeur de thym et de lavande qui montait, mêlée aux effluves plus âcres des pins. Ici, tout n'était que calme, luxe et beauté. Pas la moindre fausse note. Et en levant la tête, on avait un ciel sans limites où les premières étoiles commençaient à clignoter.

Juste en bas, au pied de son nid d'aigle, c'était le village, Couronne-des-Maures, une petite agglomération quelconque avec sa traditionnelle place centrale ombragée de platanes. Le royaume proprement dit d'Hugo Probst commençait plus haut, après les ruines de l'enceinte qui datait du XIIIe siècle, du temps où il y avait un château qui dominait tout le site, construit par les seigneurs de Maisonneuve venus de Catalogne pour s'implanter en Provence. Ils avaient possédé la seigneurie de Couronne jusqu'à la Révolution, époque où le château avait été condamné à la destruction par le conventionnel Barras. Le vieux village de Couronne avait végété encore deux siècles. Puis, vers 1930, des problèmes d'adduction d'eau insolubles à l'époque avaient provoqué sa désertion complète. Les derniers habitants l'avaient abandonné pour se réinstaller plus bas, dans le nouveau bourg de Couronne. Pendant encore une trentaine d'années, les ruelles et les bâtisses médiévales de l'ancien village étaient restées désertes et les murs avaient achevé de s'effondrer. Vers le milieu des années 60, le maire du nouveau village avait reçu la visite d'un Parisien, un jeune patron de presse qui proposait de racheter les ruines en question. C'était Hugo Probst. Il faisait une offre formidable, providentielle, pour la municipalité. Personne ne s'intéressait plus aux débris de village, là-haut, sur la colline, à part les chats errants et des bandes de rats. C'était une sorte de cité fantôme. Cinq ou six rues en pente raide, d'anciennes portes d'enceinte, trois puits à sec, une chapelle déconsacrée et en ruine et un campanile rouillé pour couronner le tout, la « Tour de l'Horloge », qu'on n'avait plus jamais entendu sonner de mémoire d'homme. Hugo Probst offrait de racheter tout ça pour en faire sa résidence d'été, il aurait fallu être fou pour refuser sa proposition.

Hugo se retourna, sensible aux rayons de lune qui jouaient sur le col châle en satin de son smoking blanc.

— Je vais descendre, murmura-t-il.

La cloche du campanile sonna neuf coups. Neuf bulles de musique dans l'air parfaitement pur. Maintenant il y avait une belle cloche toute neuve au campanile, et la fine dentelle de fer forgé de la tour ne portait plus le moindre soupçon de rouille. Les travaux, pour faire de tout ce village médiéval délabré une seule et unique villa de rêve accrochée à un piton rocheux, avaient duré cinq ans. Il avait d'abord fallu construire une route de trois kilomètres à flanc de colline pour amener les bulldozers, les camions et les grues. On avait déblayé, effacé, restauré. Tout le plan de la petite ville avait été respecté, mais maintenant au lieu d'être des rues, des ruelles, des places, c'était des couloirs, des paliers, des halls d'entrée, des salons de verdure, des terrasses, à l'intérieur d'une même et unique résidence fastueuse, quelque chose dans le genre du *Xanadou* de Citizen Kane transporté en plein cœur de la Provence... Ensuite pendant six ans,

Probst avait fait travailler des décorateurs. Il voulait quelque chose d'idéal, qui soit le reflet de sa fabuleuse réussite. Tout de suite, ce bourg abandonné, accroché en équilibre comme un nid de guêpes au-dessus de la vallée, lui avait tapé dans l'œil. Il n'avait pas voulu qu'on touche aux vieux murs arrondis de mousses, aux rochers apparents, blanchis comme des os au soleil. Tout ce qui pouvait être restauré l'avait été. C'est l'intérieur surtout qu'il avait construit comme un palais des Mille et Une nuits, une sorte de majestueuse caverne de Shéhérazade. Avec, au sommet, sous un grand baldaquin de béton masqué par de vieilles tuiles romaines, la terrasse la plus haute : son domaine où personne n'avait le droit de monter sans son autorisation. Une immense chambre à coucher à claire-voie dominant le panorama des collines, les terrasses inférieures, les autres maisons-appartements, les piscines, les jardins en rocailles fleuris de massifs d'hortensias, de pensées, de bégonias, de rhododendrons. Ici, il n'y avait que des harmonies pastel. Au fond, un grand lit rose pompéien.

Et puis, au milieu de ce décor de rêve, celle à laquelle il était en train de parler.

Une femme.

Sa femme.

Marie-Anne.

A jamais immobile dans son fauteuil de paralytique.

— Vas-y, murmura-t-elle. Ils t'attendent.

C'était chaque fois comme ça. Il n'arrivait pas à s'arracher à Marie-Anne. Elle avait beau lui dire de descendre, il ne pouvait pas se décider à la laisser. Elle protestait pourtant qu'elle se sentait bien, qu'il n'avait pas à s'inquiéter, que tout était parfait. Il aurait suffi en réalité d'un battement de cils de sa part pour qu'il reste avec elle toute la soirée.

— Ecoute, reprit-elle, ils n'attendent plus que ton arrivée. Tu sais bien qu'ils ne commenceront pas sans toi, Hugo...

Elle était au courant de tout, elle ne perdait jamais une miette des soirées qui se déroulaient deux étages plus bas. Il suffisait qu'elle s'avance dans sa chaise roulante jusqu'au bord de la terrasse, contre la balustrade de marbre, elle jouissait d'une vue imprenable, parfaite. Quelquefois elle sonnait et elle faisait monter un des participants, mais ça devenait de plus en plus rare...

— Tu es sûre que tu ne vas pas t'ennuyer? reprit Hugo Probst, le front soudain strié de rides soucieuses.

Elle éclata de rire. Elle avait 40 ans et elle était presque aussi belle que lorsqu'il l'avait connue. Le sosie pratiquement parfait d'Ava Gardner, avec des cheveux drus très noirs et ces yeux de bronze qui lui mangeaient le visage jusqu'aux tempes. Elle était en chemise de nuit couleur chair, avec une couverture bleue sur les genoux. Sous la couverture, il préférait ne pas penser à ce qu'il y avait. Il avait été fou d'elle quand il l'avait connue, vingt ans avant. Il n'avait plus jamais cessé de l'aimer, d'ailleurs. Simplement, leur relation s'était modifiée. Par la force des choses.

— Comme tu es bête, mon chéri ! jeta-t-elle. Je me sens parfaitement bien. Rien ne me manque.

Le regard d'Hugo se brouilla.

— Marie-Anne, souffla-t-il. Tu te souviens... Il y a vingt ans... L'appartement de la rue Barbusse...

Ses yeux se mouillèrent presque à l'évocation de l'appartement qui avait abrité leurs premiers ébats. Un deux-pièces minable dont on pouvait toucher le plafond sans avoir besoin pour ça de se mettre sur la pointe des pieds. Marie-Anne avait participé à toute son ascension de patron de presse. D'abord un petit journal confidentiel de rencontres et de partouzes réservé à des abonnés, *Postures*. Puis une revue un peu plus luxueuse, rien que pour les sados-masos, *Soumissions*. Une autre encore, moitié cul, moitié conseils « médicaux » et sexologiques, *Stimuli*. Et puis ça avait fait boule de neige. Il y avait eu *Zones érogènes*, *Strip*, *Inondations* (la revue des maniaques de l'ondinisme), *Fétiche*, *Débloquages*, *Mâle*, *Tout est permis* et enfin son magazine vedette, celui qui tirait actuellement à presque 500 000 exemplaires : *Spasmes*. C'était ça le créneau d'Hugo Probst. La porno à tout casser. Il avait été le premier en France à montrer les dames écarquillées, si on peut dire, jusqu'au fond de l'âme. Ouvertes des pieds à la tête. Pas des vedettes, mais des femmes comme on peut en rencontrer tous les jours dans la rue. Pas forcément bronzées à mort avec des mensurations de reines de beauté. Au contraire, des filles comme on peut en mettre dans son lit ou du moins l'espérer.

De là venait le succès de ses publications. Pas de flous artistiques, pas de fausses pudeurs comme chez ses confrères et rivaux, aucune hypocrisie, même pas d'alibis culturels avec interviews de penseurs ou d'hommes politiques. Non, du cul, rien que du cul, sans détours et sans discours. « Mes canards sont des miroirs de la société, disait souvent Probst. Ils reflètent ce que celle-ci nous montre, rien de plus. Quand les mecs lisent mes concurrents, X ou Y, ils regardent les nanas et ils savent qu'ils ne les auront jamais. Tandis que les filles de *Spasmes*, de *Strip*, d'*Inondations* ou de *Mâles*, chaque lecteur sait que pour environ cinquante billets il peut se les taper : leurs numéros de téléphone sont sous les photos. Avec leur accord bien entendu. »

Sa villa-village de Couronne-des-Maures, il l'avait construite peu à peu, au fur et à mesure qu'il arrondissait sa fortune. Les gros travaux grâce à *Postures*, *Soumissions* et *Stimuli*. La décoration ensuite, à partir de *Zones érogènes* et de *Strip*. Les piscines grâce à l'ouverture de trois clubs échangistes dont deux à Paris. Et le clou de sa résidence, le petit funiculaire partant du pied de la dénivellation de son nid d'aigle et desservant chaque « étage » grâce au triomphe rapide et définitif de *Spasmes*. Maintenant il avait d'autres projets. Une nouvelle revue par exemple, *Records intimes*, où on lancerait des « concours » assez spéciaux. Et puis il allait développer le secteur vidéo. *Probst movies*. Et puis... Il s'interrompit dans ses pensées au son de la voix de Marie-Anne.

— Ecoute, murmurait sa femme. Ecoute-les, en bas. Les filles... Elles gloussent déjà. Elles sont toutes en feu. Va. Elles t'attendent.

Trois fois par semaine environ, durant les vacances, il y avait fête, chez les Probst. Avec tous les amis habituels triés sur le volet. Des proches pour la plupart. Des collaborateurs de son empire de presse, les *Editions du Va et Vient.* Avec leurs épouses, bien sûr, ou leurs petites amies. Rien de mieux pour se sentir puissant, quand on l'est vraiment, qu'un bon paquet de parasites accrochés à vos basques et bruissant de flagorneries tout autour de vous. De flatteries et de complots. Probst adorait ça. Il lui fallait sa cour autour de lui. Sa bande de courtisans. S'il avait fermé boutique, il aurait mis deux cents personnes et leurs familles sur le pavé, rien que cette idée l'aidait à s'endormir, le soir. Ils lui étaient complètement soumis. D'un claquement des doigts, ils plongeaient dans l'une des piscines. D'un froncement de sourcils, ils lui amenaient leur propre épouse et la déshabillaient pour lui faire gagner du temps.

C'était ça le pouvoir. Ça durait depuis vingt ans et il n'en avait pas encore assez. C'était une drogue qui, à l'inverse des autres, ne vous détruisait pas à petit feu. Au contraire, ça conserve, ça vous épanouit, ça vous aide à aborder dans le plus grand confort le cap de la maturité... Depuis vingt ans, Probst ne s'était jamais ennuyé dix minutes de suite, un vrai record du monde.

— Elles t'attendent, murmura Marie-Anne.

Depuis qu'elle ne pouvait plus rien pour lui,

comme elle disait, elle adorait voir d'autres femmes tourner autour de lui, c'était une des joies qui lui restaient. Ça, et le voir les sauter, quelquefois, quand l'envie lui en prenait.

Il déposa un baiser sur son front.

— A bientôt, souffla-t-il.

— A bientôt, répondit-elle, complice.

CHAPITRE XI

Ils étaient déjà tous là, en effet, sur les deux terrasses inférieures baignées par une lumière de « party » hollywoodienne dans les grandes années. La plus petite des deux piscines, aux contours sinueux de coquillage sous-marin, luisait doucement de tous ses projecteurs cachés dans les profondeurs. De lourds parfums de jasmin flottaient. Des arabesques d'ampoules suivaient les crêtes des murs et des façades blanches comme autant d'interminables vers luisants géants.

Diego s'effaça au coin d'une allée, presque prêt à s'affaler dans un massif de bougainvillées tellement il était stylé. Diego, son valet parfait. Son homme de confiance. L'autre témoin de son irrésistible ascension... Diego toujours silencieux, impeccable, exact.

Il y avait six autres domestiques dans la propriété, mais un seul existait aux yeux de Probst : Diego. Presque son frère puisqu'ils avaient été élevés ensemble...

— Tout va bien ? questionna Probst.

— Tout va bien, Monsieur, répondit le valet en s'inclinant légèrement.

Sa taille haute et maigre était sanglée dans une veste blanche croisée. Au passage, Probst lui trouva les paupières rougies, comme s'il avait pleuré, mais il n'y fit pas plus attention que ça. Les domestiques sont payés pour qu'on ne soit pas obligé de faire attention à eux, ça fait partie du contrat, du moins pour les vrais domestiques à l'ancienne, ceux qui savent se faire oublier, les seuls authentiques, bien rares par les temps qui courent.

Hugo Probst aperçut Goodis qui s'arrachait à son épouse, une grande blonde mince en combinaison rouge zippée d'entre les seins jusqu'au milieu de l'entrejambe, et cavalait vers lui, petit, suant déjà dans son smoking blanc. Goodis, son chef du personnel aux *Editions du Va et Vient* depuis une dizaine d'années. Pendant les vacances, toujours au service de son maître et seigneur, il exerçait d'autres activités beaucoup moins officielles dont il se tirait admirablement.

— Elles sont là, souffla Goodis.

— Combien ? demanda Probst.

— Quatre comme vous m'aviez dit.

— Bien ?

— Fabuleuses.

Probst tira de sa poche un petit cigare de chez Davidoff. Immédiatement, le briquet de Goodis jaillit dans la pénombre.

— On va voir ça, murmura Hugo.

La musique avait déjà démarré. Il y avait des baffles un peu partout derrière des massifs de fleurs. Jamais rien d'autre que de l'opéra. *Rigoletto* pour commencer. Les notes aériennes et les voix avaient l'air de monter directement des fleurs, des taches bleues phosphorescentes des hortensias, des grappes de lauriers-roses, des rhododendrons plus loin, qui se miraient dans l'éblouissement lumineux de la piscine... En un éclair, Hugo Probst repensa à la nouvelle qu'il avait apprise à la télé, tout à l'heure, aux infos régionales de 19 heures. Le scoop du jour. L'identification du cadavre calciné de Raphaëlle Harbin, morte dans les grands incendies du week-end dernier, du côté de Grasse.

« Quel soulagement », se dit-il.

Il avait un poids de moins sur la poitrine. Décidément, la vie faisait bien les choses. Une véritable réussite, ce n'est pas seulement le travail, les nuits blanches, l'acharnement au boulot année après année. Tout cela est nécessaire bien sûr, mais ça ne suffit pas. S'il n'y a que ça on peut être sûr de végéter toute sa vie. Il faut un petit quelque chose en plus qui ne s'invente pas. La chance. La baraka. 75 % de baraka et 25 % de travail, c'était ça, d'après lui, la vraie formule chimique d'une carrière réussie. Ce soir il s'était dit une fois de plus que les fées continuaient à se pencher sur lui ou que sa bonne étoile ne l'oubliait pas. La disparition de Raphaëlle Harbin, partie accidentellement en fumée, était vraiment providentielle.

Il y avait une bonne dizaine de femmes sur les dalles bleu-Polynésie de la piscine. Celles de ses collaborateurs. Marie-Lou, Georgina, Sylviane et les autres. Il les avait toutes eues quand il avait voulu. Avec la bénédiction des maris, d'ailleurs. Mais sans bénédiction, ça aurait été la même chose. Il s'envoyait qui il voulait quand il voulait... Mais maintenant ça ne l'amusait plus, il lui fallait des distractions plus compliquées. N'empêche qu'il s'amusa au passage à flatter la croupe de certaines, celles qui avaient les plus belles fesses. Les autres en blêmirent de jalousie et roucoulèrent en s'accrochant à lui. Il les repoussa sans délicatesse notable.

Le buffet, sur la terrasse d'en dessous, était pris d'assaut. Trois grandes tables couvertes de nappes blanches où s'entassaient victuailles et bouteilles. Tout le monde, une fois de plus, s'écrasait chez Probst. Journalistes à la mode en vacances sur la Côte, intellos déjà à moitié ivres, vedettes du show-biz, petites starlettes ou shampoineuses en train d'essayer de prendre leur élan et de perdre la tête dans cette ambiance délirante de fric et de réussite sociale. Les « soirées Probst » étaient ce qui se fait de mieux, depuis quelques années, dans la région.

Probst se heurta presque dans Tretiak, Pascal Tretiak, son rédacteur en chef de *T.E.P.* (c'était comme ça qu'il appelait *Tout est Permis*, la revue de tous les débloquages, ça allait plus vite). Probst avait tous ses rédac'chefs sous la main, autour de lui, disséminés dans des petites villas de la région achetées après son installation à Couronne-des-Maures. Il adorait ça, c'était comme une sorte de clavier sur lequel il pouvait jouer tous les airs qu'il voulait. Jamais ses cadres supérieurs n'auraient eu l'idée de prendre des vacances ailleurs, à l'étranger par exemple, ça faisait partie des lois non écrites du code de savoir-vivre tyrannique de sa boîte où il régnait en maître absolu.

— Qu'est-ce qu'il y a ? demanda-t-il. Ça ne va pas ?

— C'est Bernadette, murmura Pascal Tretiak, faisant allusion à son épouse. Elle fait la gueule.

— Pourquoi ?

— Elle dit que vous ne vous intéressez plus à elle. Elle m'en rend responsable.

Il soufflait bruyamment. La large ceinture de son smoking brillait dans la pénombre.

— Il faut vraiment que je m'occupe de tout, alors ? soupira Probst.

— Si vous pouviez, patron...

— Ça va, murmura Hugo. Je vais aller la voir tout à l'heure, Bernadette. Et la calmer. Tu ne la reconnaîtras pas, après...

Il lui tapota l'épaule.

— C'est bien parce que c'est toi...

L'autre en restait muet de reconnaissance. Et au fond, depuis vingt ans, Probst n'en revenait pas non plus, secrètement, de constater à quel point ces hommes dont il avait eu les femmes aussi souvent qu'il voulait, ne nourrissaient envers lui aucun ressentiment, bien au contraire. Ils en redemandaient. Ça les flattait que le patron s'intéresse à leurs épouses. C'était, pour commencer, un gage de stabilité de l'emploi. La crise de nerfs de Bernadette venait de là aussi. Il l'avait pas mal délaissée ces derniers temps, en effet, elle tremblait pour son niveau de vie. C'était humain. Humain et sordide. Atroce. D'un claquement de doigts, on pouvait faire s'ouvrir n'importe quelle paire de cuisses féminines, si on avait le pouvoir. Sale race des hommes, pensa-t-il. L'avidité, la soumission, la veulerie, la lâcheté... Depuis vingt ans, il aurait aimé qu'un type dont il sautait l'épouse ou la petite amie se révolte. Mais ça ! Il ne risquait pas de le voir de son vivant. Ou alors, ça irait de pair avec la chute libre des tirages de ses journaux et ce serait la curée. Il savait depuis des éternités que, ce jour-là, on ne lui ferait pas de cadeaux...

Il était arrivé au bout de la piscine où Goodis l'attendait, entouré des « recrues » de la soirée. Quatre grandes créatures, quatre filles admirables comme des statues, en maillots de bain fluo. Deux roses et deux verts.

— Les voilà, fit Goodis, aussi fier que s'il les avait sculptées de ses mains. Pas mal, non, patron ?

Probst les scruta l'une après l'autre en tirant sur son cigare. Quatre championnes olympiques grand format. Longues, minces, les épaules larges. Et malgré tout, des femmes, avec de vraies poitrines et de vraies hanches. Des espèces de Schwarzenneger femelles.

— Celles-là, c'est Peggy et Della, murmura Goodis en montrant les deux blondes. Et celles-ci, Françoise et Sybille.

Probst laissa sa main courir sur les faisceaux de muscles du thorax de celle qui était la plus près de lui.

— Vous savez ce qu'on attend de vous ? questionna-t-il.

La fille haussa les épaules.

— Bien sûr.

— Si vous nous donnez satisfaction, vous reviendrez. Toujours au même tarif. Ça marche ?

Il éclata de rire.

— Les jeux du cirque, il n'y a que ça de vrai pour réveiller les riches blasés qui n'ont plus pour s'amuser que leur compte en banque...

Il laissa glisser la main sur la croupe de celle que Goodis avait désignée sous le prénom de Della.

— Leur compte en banque et la jeunesse des belles filles en fleurs qui n'ont, elles, que leur beauté à vendre...

La blonde ondula.

— Et à vendre cher, si elles sont malignes...

Il avait glissé sa main sous le maillot de bain fluo et remontait vers le sillon de ses fesses où il s'introduisit, flattant du bout du doigt quelque chose de chaud, de rond, de souple et d'étroit qui palpita sous sa caresse. Il retira la main.

— On verra ça tout à l'heure, décida-t-il.

Il claqua dans ses mains.

— Pour le moment, en piste !

Il releva la tête. Sous la pluie d'étoiles du ciel noir, au dernier étage de sa fabuleuse villa, une minuscule silhouette avançait le buste au-dessus du rebord de marbre de la terrasse. Celle de Marie-Anne, son épouse paralysée qui ne connaîtrait plus jamais d'autre plaisir au monde que celui des yeux.

CHAPITRE XII

Crachant des gerbes d'eau chlorée, Peggy émergea de la piscine illuminée par une guirlande de projecteurs installés dans le fond, entre les minuscules carreaux de mosaïque bleue. C'était la troisième fois au moins qu'elle tombait. Le jeu inventé par Hugo Probst était vraiment diabolique. Elle entendit des applaudissements, assez loin, du côté des plongeoirs. Une nouvelle vague arrivait sur elle, portant à crête Françoise, son adversaire, toujours juchée sur la planche de surf bleue.

— Attention ! cria une femme, là-haut, qui avait pris le parti de Peggy.

— Tais-toi, grogna un homme, assis sur le bord de la piscine, une fille blonde sur les genoux.

La jupe de la fille, disposée en corolle autour d'elle, la manière dont elle était assise sur l'homme et la façon dont, de temps en temps, ils remuaient en cadence, disaient clairement qu'elle ne risquait pas de tomber, vu qu'elle était solidement vissée à son partenaire.

Peggy regrimpa sur son surf après avoir pagayé

des bras quelques secondes. Il fallait, cette fois, qu'elle balance son adversaire à l'eau et qu'on en finisse.

L'autre se rapprochait à une vitesse vertigineuse.

La piscine « à vagues » d'Hugo Probst était l'une des dernières installations. La plus folle, sans doute. Une idée qu'il avait piquée en Amérique, lors d'un de ses derniers voyages où il s'était rendu dans l'Iowa pour régler quelques affaires. C'est là qu'il avait découvert ces nouvelles installations aquatiques comme il en existe quelques-unes aux Etats-Unis, de vastes piscines dotées d'un mécanisme fabriquant des vagues artificielles afin de permettre aux amateurs de surf de pouvoir pratiquer leur sport favori même à 500 miles des premières plages de l'océan, comme c'est le cas en Iowa. Bien sûr, les vagues en question, comparées aux furieux rouleaux de l'océan, restent de très modestes vaguelettes. N'empêche que les sportifs frustrés peuvent s'y entraîner, y perfectionner leur style, et arriver fin prêts sur les plages au moment des vacances. La piscine de la plus basse terrasse, dans la propriété de Probst, n'avait rien à voir pour la taille avec les bassins gigantesques des Etats-Unis. Mais le système qu'il y avait installé permettait de faire bouillonner quand même d'assez jolies séries de déferlantes modèle réduit.

Le principe du jeu auquel s'adonnaient les quatre filles était simple. Elles s'élançaient deux par deux, côte à côte, et essayaient de se déséquilibrer mutuellement. Quand elles étaient tombées toutes les deux, alors commençait la *lutte* proprement dite.

Une lutte de femmes entre elles. C'était ça le clou du spectacle.

Dans la piscine phosphorescente, elles devaient essayer d'arracher les vêtements de leur adversaire. Tous les coups étaient permis. Les plus violents. Les plus sournois.

Celle qui mettait K.O. sa rivale avait une prime de 2000 francs supplémentaires.

A l'autre bout de la piscine, Della s'empoignait avec l'autre brune qui se prénommait Sibylle. Elle avait déchiré son soutien-gorge. Mais la brune la cueillit d'un droit qui lui écrasa pratiquement la bouche. Della encaissa et cueillit Sibylle à la pointe du menton avec un joli swing. Il y eut des applaudissements. Mais Sibylle, déjà, balançait un crochet à l'estomac de son adversaire. Della se mit à hurler, à moitié asphyxiée par l'eau.

Dans une espèce de long bruit sourd d'aspiration, la machinerie à vagues envoyait ses nouvelles déferlantes. Côte à côte sur la même crête, Peggy et Françoise se précipitèrent brusquement l'une sur l'autre. Il y eut une immense gerbe d'écume et elles disparurent sous les flots. Quand elles réapparurent, Peggy chevauchait littéralement sa rivale, cuisses enserrant sa taille, et la mordait à la nuque. L'autre rugit. Pendant ce temps, Peggy commença à déchirer son soutien-gorge. Les seins à gros bouts bruns de Françoise jaillirent. Elle en saisit un entre ses doigts et le tordit. Françoise hurla. Toujours assise sur elle,

Peggy entreprit de la faire plonger sous la surface, après lui avoir saisi les bras en les lui relevant en arrière à lui briser les omoplates. Le visage de Françoise avait disparu dans l'eau. De terrasse en terrasse, le *Rigoletto* de Verdi déroulait son air célèbre : « *la donna e mobile* »... Sous Peggy, la fille commençait presque à flotter, au bord de la noyade. Elle en profita pour lui arracher son slip. Puis elle la retourna sur le dos et lui hissa la tête hors de l'eau. Deux baffes et elle commençait à rouvrir les yeux. Vaincue. Vomissant de l'eau jaunâtre.

Peggy s'éloigna d'elle en crawlant sans un regard pour sa victime. Une seule chose comptait : en plus des 5 000 francs promis pour sa prestation, elle aurait la prime de 2 000...

Ce qui voulait dire qu'elle pouvait prolonger de quinze jours ses vacances sur la Côte. Plus question maintenant de courir se réfugier chez papa et maman qui villégiaturaient dans la Creuse parce qu'elle n'avait plus un radis.

D'une traction, elle se hissa hors de la piscine et s'approcha d'Hugo Probst. Des applaudissements éclatèrent. Sa respiration sifflait furieusement, creusant son ventre en cadence. Mouillé, son slip fluo était devenu presque transparent et sa toison abondante et drue s'y dessinait dans la lumière.

— Tu as gagné ! jeta le patron des *Editions du Va et Vient*.

Il agita une poignée de billets.

— Tu auras ça en plus si tu veux. Ça ne tient qu'à toi. Tu comprends ce que je veux dire ?

Peggy fit oui d'une inclinaison de la tête et suivit le propriétaire des lieux à travers le couloir-ruelle qui passait sous un pont minuscule couvert de vigne vierge, se faufilait entre deux murs et débouchait sur une autre terrasse où il y avait un sofa bleu nuit d'au moins vingt places. Hugo Probst se laissa tomber sur le sofa.

— Suce-moi, ordonna-t-il. Et tu avaleras. Tout. Pas au chiqué, hein ? Je veux te voir me boire...

A genoux, Peggy se précipita sur sa braguette. Il la stoppa.

— Non, fit-il. Tu me déboutonnes sans les mains. Avec les dents. Et tu me sors du slip avec la bouche.

***

Le membre d'Hugo Probst enfoui jusqu'au fond de sa gorge lui faisait venir les larmes aux yeux, tellement elle s'étouffait en l'avalant. Elle s'arrêta un court instant.

— Continue, jeta Probst, renversé dans les coussins, les yeux fermés. Qu'est-ce qu'il y a ?

Elle recommença, s'appliquant à aller et venir doucement de la langue, depuis la racine du sexe entre les testicules, jusqu'à l'extrémité fendue et palpitante du gland.

Et en même temps, elle était taraudée par une question sans réponse.

Elle n'en était pas à son premier membre masculin avalé, loin de là, mais celui-là n'était pas comme les autres. Il ne bandait pas pareil. Il était secoué en continu d'un drôle de battement, régulier et lent, qu'elle n'avait jamais connu jusqu'ici.

Et pour cause. Hugo Probst avait bénéficié des derniers progrès de la chirurgie la plus sophistiquée. Une opération de pointe, récente, l'avait guéri d'une déficience vasculaire assez désagréable.

Après un accident de voiture, il y a trois ans, celui qui avait coûté ses jambes à Marie-Anne, Probst s'était rendu compte qu'il n'avait plus la moindre érection. Il était devenu impuissant !

Il avait consulté de nombreux spécialistes. Certains lui avaient proposé la solution médicamenteuse, des injections dans le pénis de substances comme les Alpha bloquants ou la Papavérine. D'autres étaient partisans de prothèses, dont l'inconvénient principal était qu'elles conféraient une érection perpétuelle.

Un dernier enfin avait préconisé une revascularisation chirurgicale des artères déficientes. Une veine dorsale de sa verge avait été transformée en artère au cours d'une rapide intervention dans une clinique privée.

L'ennui c'est que, depuis, les érections d'Hugo Probst étaient complètement tributaires de son rythme cardiaque. C'est ce que les spécialistes appellent l' « érection permanente pulsatile ».

Voilà ce que Peggy, sans le savoir, bouche large ouverte et pleine de bonne volonté, était tout juste en train de découvrir...

*
**

A la même heure, très loin de là, à mille lieues de ces délices de Capoue, dans sa chambre de l'hôtel de la *Madone*, à Cannes, le pied droit de Boris s'énervait, au fond du lit, contre une myriade de grains de sable fort irritants.

Il n'arrivait pas à trouver le sommeil pour la bonne raison qu'il avait fait chou blanc, en début de soirée, après le coup de fil de Léa.

Azuelos s'était déjà envolé quand il était arrivé au bistrot indiqué par celle-ci.

La nuit était poisseuse et étouffante. Il se dit qu'il ne fallait pas se cacher la réalité, c'était l'insomnie caractérisée.

Il alluma sa lampe de chevet et chercha une Gallia, l'esprit en proie à un tas de pensées saumâtres.

***

A la même heure également, dans leur caravane prolongée par un auvent en toile de tente, Roger et Simone Cuvelier n'arrivaient pas non plus à trouver le sommeil. Ou plutôt, ils venaient d'être réveillés en sursaut par du bruit, au-dehors, un moteur de voiture qu'on faisait démarrer. Apparemment, leur voisine de camping ne tenait pas en place. Elle était arrivée cinq heures plus tôt, accompagnée d'un homme grand et maigre qui l'avait aidée à monter une petite tente rouge de forme « abside » à fixations d'aluminium. Ils l'avaient bien observée, sans en avoir l'air, les Cuvelier, en prenant le frais sous l'auvent de leur caravane. D'autant plus qu'elle était agréable à regarder, cette longue rousse sportive et souriante qui avait eu l'air ravie quand ils lui avaient offert de lui prêter du produit anti-moustique, si elle n'en avait pas, vu qu'au *Camping des Acacias* sur la route de Lorgues, les insectes suceurs c'était vraiment la plaie, chaque nuit. Ils avaient échangé quelques propos insignifiants avec la jeune femme, avant de grimper dans leur caravane comme ils le faisaient chaque été depuis douze ans, dans le même camping et au même emplacement, le n° 31, sur lequel ils avaient même coulé une dalle de béton pour éviter la poussière. N'empêche que c'était la première année qu'ils avaient une voisine aussi jolie et sympathique...

Ils se rendormirent rapidement, dès que le bruit du moteur de la Mehari de la campeuse rousse eut disparu au loin dans la nuit. Roger eut juste le temps de noter que le mistral était en train de se lever, au-dehors. Furieux. Rageur.

Heureusement qu'ils avaient replié l'auvent avant de se coucher...

Ils s'endormirent vite, allongés sur le dos, les yeux fixés sur les minuscules étoiles à six branches qui maintenaient la garniture beige du plafond de la caravane, baignés par la lueur lunaire tombant des hublots doublés de disques moustiquaires.

***

La chambre à coucher de la *Villa des Agaves* était plongée dans la pénombre. Rien qu'un petit spot métallique, pincé à l'extrémité d'une étagère, faisait fuser un pinceau lumineux juste là où Tretiak avait fait allonger Bernadette, son épouse, à plat ventre en travers du lit. Le mistral, dehors, secouait autour de leur maison les broussailles épineuses de la garrigue, arrachait les chardons, décoiffait les chênes kermès, effeuillait les genêts épineux, s'acharnait sur les plaques de lavande ou de romarin au milieu des roches mises à nu des collines. Mais le vent sifflait moins fort que le désir bourdonnant aux oreilles de Tretiak.

— Tu es vraiment une authentique salope, grinça-t-il. Tu en veux et tu en redemandes encore, hein ?

Il venait d'enfoncer brusquement trois doigts entre les fesses de Bernadette et celle-ci s'était cabrée avec un grognement d'approbation. Elle les avait grasses et blanches, les fesses, et légèrement luisantes de sueur, et légèrement tremblantes de plaisir et d'attente.

— Il t'a fait ça, hein ? grinça encore Tretiak. Et puis quoi ? Qu'est-ce qu'il t'a fait encore ? Raconte !

Le mistral faisait, autour de la villa achetée cinq ans avant et toujours pas finie de payer, le bruit de trois cents essaims de guêpes en pleine révolution. Mais Tretiak s'en foutait éperdument. Ce qui lui mettait les nerfs en feu, c'était ce que le patron avait fait à sa femme pour la calmer, tout à l'heure, avant qu'ils ne quittent la propriété de Couronne-des-Maures. « Tu verras, avait dit

Probst, tu ne la reconnaîtras pas ! » Et effectivement, Bernadette était matée à présent, docile, voluptueuse. Presque tendre avec son mari. Ça durait comme ça depuis des années. Probst avait des privilèges de maître, de souverain absolu. Comme les rois d'autrefois qui, d'un signe du menton, choisissaient leur favorite, l'arrachaient à la foule, la distinguaient au milieu des autres. Et ça marchait ! Les maris se sentaient flattés ! Ils savaient qu'ils allaient avoir de l'avancement. Que si leur femme donnait satisfaction au maître, ce serait tout bon pour eux. Ça s'était passé de cette façon pour Tretiak. Son ascension à l'intérieur du groupe des *Editions du Va et Vient* avait commencée dès que Bernadette avait été invitée à se glisser dans le lit du P.-D.G. L'ennui, c'est qu'au passage elle en était tombée éperdument amoureuse et qu'elle ne supportait pas que Probst la délaisse. C'était d'autant plus pénible que tout son ressentiment, toute son humiliation, toute sa rage retombaient sur Tretiak, son mari. Jusqu'à ce que celui-ci arrange le coup en suppliant son patron d'avoir quelques gentillesses pour elle. Après, on repartait pour huit jours de bonheur conjugal sans nuages... A chaque fois le même cirque...

— Il t'a fait ça, hein ? reprit Tretiak en remuant les doigts au fond de la croupe de sa femme, là où elle était la plus étroite. Il t'a fait ça et tu as aimé ?

Elle eut un petit « oui » étouffé dans l'oreille.

Dehors, c'était comme si on avait tourné des boutons d'enceintes géantes. Le mistral rageait de plus en plus fort contre la petite *Villa des Agaves* dont les murs frémirent. Ils l'avaient eue pour pas très cher, une ancienne bergerie à moins d'un kilomètre de Flayosc, sur la route de Trans-en-Provence, à l'ouest de Draguignan. C'étaient les travaux de restauration qui avaient été ruineux.

— Et il te la mise ensuite, n'est-ce pas ? Hein ? Dis-le qu'il t'a enculée ? reprit fièvreusement Pascal Tretiak.

C'était fou ce que l'image du patron forçant sa femme pouvait lui mettre les nerfs à vif. Il avait l'impression qu'une lampe à souder dardait au centre de lui-même. Il s'agenouilla derrière elle, le ventre en ébullition.

— Ne bouge pas, commanda-t-il.

Il lui fit creuser les reins du plat de la main.

— Fais doucement, supplia-t-elle d'une voix étranglée.

Il se présentait déjà, battant d'excitation, à l'entrée resserrée, merveilleuse d'étroitesse, de la croupe de Bernadette.

— Tu parles ! grogna-t-il.

Il savait que Probst n'avait pas fait ça doucement non plus, le contraire l'aurait étonné. Et que c'est justement pour ça qu'elle avait adoré.

De deux coups de reins il l'empala et fut au fond d'elle. Elle hurla. Il se mit à aller et venir. C'était noir, brûlant, infini. Il avait l'impression d'un voyage au fond de la nuit qui ne se terminerait jamais.

***

La *Villa des Agaves*, sur la route de Flayosc, était protégée par une petite forêt de pins parasols et, entre les fûts des pins, il y avait tout un fouillis de broussailles bien sèches qu'on n'arrachait jamais. Trois ans de suite, Tretiak s'était répété qu'il fallait qu'il déblaie tout ça parce que les feux de forêt, dans la région, il ne fallait pas rigoler avec. Mais Bernadette adorait ces sous-bois plein de ronces et de buissons. La nature en liberté. Elle trouvait que ça donnait du « cachet », comme elle disait, à leur maison. Il n'avait pas osé insister.

S'il l'avait su, il aurait regretté d'avoir écouté son épouse, mais au moment où, de la route, partit dans le noir de la nuit une espèce de gerbe de feu silencieuse et vibrante, il était dans leur chambre en train de se délivrer avec des rugissements au fond du puits démesurément élargi de la croupe de Bernadette.

La flèche cingla les ténèbres.

Raphaëlle avait choisi une pointe Zwicker à deux lames, une sorte de mini-harpon à tuer les requins avec des aspérités de métal autour desquelles était noué bien solidement un chiffon imbibé d'essence et enflammé.

Elle aurait pu aussi bien aller elle-même déclencher la fournaise de l'enfer dans les broussailles entourant la *Villa des Agaves*. Mais elle avait eu envie de joindre l'utile à l'agréable. Ça faisait longtemps qu'elle n'avait pas tiré à l'arc, et pour cause. Personne, en prison, ne l'avait laissée s'entraîner... Elle était pourtant championne autrefois. Elle avait choisi, dans le matériel hérité de son père, un arc de chasse PSE Vector en graphite, une pure merveille de race et d'élégance, une longue ligne noire finement incurvée. C'était tout son héritage. Ce qu'elle avait de plus précieux au monde. Celui qui avait gardé précieusement pendant sa détention les cinq arcs qui avaient appartenu à son père, elle lui en serait reconnaissante toute sa vie.

La flèche acheva son demi-cercle étincelant dans le ciel, et tout de suite après ce fut l'enfer. Les broussailles, sous les pins, se mirent à ronfler comme des dizaines de moteurs d'avions. Puis les pins eux-mêmes, gorgés de térébenthine, commencèrent à craquer allégrement.

Raphaëlle avait enfilé, tout à l'heure, au camping, un tee-shirt blanc et une mini-jupe grise. Elle glissa la main dessous et, les yeux exorbités, se mit, appuyée contre la Mehari, à se masturber frénétiquement en gémissant.

***

Elle aurait aimé rester jusqu'au bout, voir les Tretiak sortir affolés, au milieu du feu d'artifice géant, les lueurs rouges qui faisaient danser les arbres dans les volutes de fumée noire, et le boucan formidable de la forêt en train de cramer sous le mistral. Mais elle avait encore du boulot.

Tout le monde avait dit qu'elle était dingue : une meurtrière, une folle. Eh bien, la folle était en liberté. La meurtrière était en cavale !

Et tout le monde la croyait morte...

Elle répéta le même scénario six kilomètres plus loin. Une flèche enflammée, avec un chiffon bien imbibé d'essence au bout, fit jaillir de grandes gerbes de flammes autour du mas des Goodis, de l'autre côté de Flayosc, sur la D.557, en pleine forêt de chênes-lièges. Comme travail c'était du gâteau. Les Goodis comme les Tretiak s'étaient installés dans l'immédiate proximité de Couronne, la villa-forteresse de Probst. Comme autant de poussins à l'ombre des grandes ailes de leur maman-poule.

Les Tretiak, Monsieur et Madame, eurent plus de chance que les Goodis. Dans l'affolement, pendant qu'Angela sortait du garage leur voiture, une CX gris métallisé, Maurice Goodis dégringola dans une restanque sale. Il serait tombé cinquante mètres plus loin, il aurait sans doute été sauvé. Mais là, il ne parvint pas à se dégager à temps. Le feu roula jusqu'à lui, poussant des grosses vagues de fumée aussi noire que du goudron fondu. Il hurla en appelant Angela, puis sentit l'asphyxie qui l'envahissait. Il essaya de se remettre debout. Il dérapait, on aurait dit qu'il twistait sur place dans les fumigènes phosphorescents. Ses yeux furent brûlés les premiers. En même temps que ses cheveux. Il roula à terre avec des flammes dansantes accrochées à lui qui commençaient à le faire fondre goutte à goutte...

CHAPITRE XIII

A neuf heures du matin, un épais nuage de cendres filtrait toujours les rayons du soleil tout autour de Draguignan, au pied des Maures. Depuis le milieu de la nuit, les Canadairs, les DC6 et les Trackers n'arrêtaient pas de touner, battus dans les grandes largeurs par l'incendie qui avait repris au milieu de la nuit.

Déjà des centaines d'hectares de maquis et de forêt avaient brûlé. Quand les pompiers étaient arrivés sur place, le feu était déjà si violent qu'on ne pouvait plus rien faire ou presque.

Et il y avait au moins un mort, un homme, un vacancier, un certain Maurice Goodis, qui avait péri en essayant de s'enfuir de chez lui, sur la D. 557, la nuit dernière.

Diego Morenas s'éjecta de la boucherie Laubarède, sa liste d'achats du matin dans la main droite. La place de la Nonciade, la grande place du village de Couronne-des-Maures, avec son kiosque à musique style Offenbach au milieu, se remplissait rapidement. De tous les magasins, on se précipitait au-dehors. L'air déjà brûlant prenait à la gorge. Ça sentait la résine en feu, la menace en suspens de nouveaux cataclysmes, une ambiance d'émeute planait sur Couronne comme sur tous les bourgs de la région.

Le domestique d'Hugo Probst, son homme de confiance depuis vingt ans, se faufila à travers la foule, bousculant des tricots de corps qui sentaient la sueur et des jupes d'été légères dans lesquelles trépignaient des femmes surexcitées par la proximité du lynchage.

— Qui est-ce ? demanda-t-il à sa voisine quand il fut arrivé enfin au premier rang.

Au centre du groupe, un jeune homme blond, très pâle, essayait d'échapper à la poigne de trois costauds qui l'avaient ceinturé.

— Qu'est-ce que j'ai fait ? hurlait-il avec un fort accent allemand. Mais bon Dieu, dites-moi ce que j'ai fait !

L'un des costauds lui écrasa la bouche du poing droit. Le blond se mit à saigner.

— Vous êtes tous fous ! hurla-t-il.

Le voisin de Diego se pencha vers lui.

— Il paraît qu'on l'a trouvé près de la Nationale. Il essayait de mettre le feu aux buissons.

Le blond se débattait toujours. Un des costauds lui fit face.

— Je trouve que tu as trop de dents dans la bouche, aboya-t-il.

Le coup qu'il reçut à la mâchoire fit jaillir à nouveau du sang sur ses lèvres.

L'Allemand hurla.

— Mais je suis innocent ! glapit-il. Ça ne tient pas debout. Réfléchissez ! Je faisais du stop !

— Il avait un briquet ! cria une femme.

Dans la bousculade et l'excitation générale, personne n'avait vu approcher les gendarmes. Leurs chemises bleues réglementaires jetèrent un certain froid au milieu de la foule.

— Qu'est-ce que c'est que ce bordel ? éructa le brigadier Ribière.

— Il avait un briquet ! Il avait un briquet ! répéta la femme d'une voix suraiguë.

— Et alors ? jeta le brigadier. Ça suffit pas pour lyncher un homme quand même. Vous vous croyez au Far West ou quoi ?

— C'est un pyromane ! siffla un des costauds.

— C'est ce qu'on va voir, fit le brigadier. Allez hop ! On l'embarque. Et vous, vous caltez vite fait.

Il fit des moulinets avec ses bras.

— Dispersion générale ! Plus vite que ça !

Diego Morenas recula lentement, se fondant dans le reflux collectif.

— Toi, tu viens avec nous, conclut le brigadier Ribière en se tournant vers le jeune Allemand livide. Et arrête de faire dans ton froc. Si tu es innocent, y a pas de raison. De toute façon, tu seras plus en sécurité à la gendarmerie qu'ici.

Il regarda la foule, tassée à quelques mètres, silencieuse maintenant, frustrée.

— Sauvages, grogna-t-il. Des bêtes sauvages. Dès qu'il y a des emmerdes, il leur faut du sang et des victimes !

Diego Morenas reprit la direction de la boucherie Laubarède. Sur le trottoir, l'ombre était presque fraîche et bleue. Il décida de s'envoyer un pastis avant de remonter à la villa, il méritait bien ça. Surtout qu'il allait encore se coltiner des kilos de provisions. Heureusement que le patron avait fait installer ce mini-funiculaire qui grimpait jusqu'au domaine depuis le village à travers les murs du vieux mur d'enceinte de l'ancien bourg. Une merveille d'ingéniosité. On laissait la voiture au parking de la place Peymarlier et on embarquait dans la minuscule cabine qui grimpait en chuintant sur des rails, dans le grincement du câble, au-dessus. Le patron s'était payé ce gadget pour fêter la création de sa filiale vidéo, les *Probst movies.*

— Bon alors ? interrogea le boucher. Où on en était, tous les deux ?

Diego Morenas se réintéressa au papier sur lequel il avait griffonné les courses à faire, ce matin. Là-haut, depuis les incendies de la nuit tout le monde était à cran. Il y avait d'abord eu le débarquement de Tretiak. Et puis Angela Goodis, seule, le visage à moitié couvert de cendres, le bord des yeux brûlé comme si on y avait jeté du sel. Elle était affolée. Elle pleurait. Son mari était mort. Elle n'avait même pas pu approcher de l'endroit où il avait grillé, tellement les flammes avaient rapidement gagné du terrain.

A l'heure qu'il était, le mas des Goodis, comme celui des Tretiak, ne devait plus être qu'un petit tas de cendres noires. Heureusement, poussé par le mistral, le feu avait contourné Couronne-des-Maures et fonçait en grondant dans la direction de Vidauban. Les pompiers eux-mêmes étaient stupéfiés de la violence des flammes. Ils n'avaient jamais vu ça. L'incendie avait carrément sauté par-dessus l'Argens, une petite rivière du coin. Déjà une cinquantaine de maisons étaient détruites...

Là-haut, chez Probst, personne ne s'était rendormi. Du nid d'aigle de l'ancien village médiéval, le spectacle était grandiose et infernal. On avait l'impression d'être au balcon du monde et de voir s'embraser l'univers sous l'effet d'un châtiment horrible et fascinant.

Ce matin, le patron avait sa tête des grands jours. C'est lui qui avait décidé qu'on ferait une nouvelle fête, demain soir. Pas question de se laisser abattre par les événements. Goodis, le défunt, n'aurait pas aimé qu'on fasse la gueule parce qu'il était mort. Au contraire, c'était un hommage qu'on lui rendrait en organisant une nouvelle fiesta à tout casser.

Comme rabatteur, c'était Tretiak qui s'était proposé pour remplacer Goodis. Il avait tout de suite commencé à s'activer au téléphone et il avait rendez-vous ce soir à Saint-Raphaël avec le « contact » habituel de Goodis.

Le mot d'ordre, au domaine, était de trouver la vie belle. Encore plus belle que d'habitude. Et personne n'aurait osé déplaire à Probst.

Surtout que ce dernier avait annoncé qu'il prenait tout à sa charge. Les frais d'enterrement de Goodis pour commencer, bien sûr. Et surtout la reconstruction des propriétés sinistrées.

La seule chose qu'il avait trouvée bizarre, quand même, c'était ces incendies qui, comme un fait exprès, s'attaquaient aux mas de deux de ses collaborateurs. Il avait tiqué là-dessus mais sans trop insister quand même.

Diego ricana. C'était un optimiste le patron. Cuirassé. Et qui croyait à sa baraka.

C'était sa seule superstition mais elle était incorrigible.

*
**

Dans l'ombre de la petite chambre d'hôtel, Peggy se souleva sur les coudes, pointes des seins caressant la poitrine de Boris Corentin.

— Bon sang, souffla-t-elle. On m'a souvent dit que j'avais une grande bouche mais des queues géantes comme la tienne, j'ai jamais vu ça !

Boris papillota modestement des paupières tout en caressant l'autre blonde qui maintenant dormait sur le côté droit du lit. Elle avait rendu les armes la première, dix minutes auparavant. Peggy, elle, paraissait increvable. Elles avaient débarqué en fanfare à l'hôtel de la *Madone* vers 5 heures du matin, ravies de leur soirée, mais avides, disaient-elles avec une franchise époustouflante, de retrouver un type normal dans son genre, qui les sauterait sans complications perverses. A les entendre, elles s'étaient fait un paquet de blé pendant la nuit, de quoi prolonger leur séjour sur la Côte jusqu'à la fin août. Peggy avait ramassé une prime qu'elle allait partager avec Della. Quant au solde de leur prestation, elles devaient le toucher vers 6 heures, à Cannes, dans un bistrot en face de la jetée Albert-Edouard, près du port. 2 500 francs chacune. Comme promis.

— C'est dingue, reprit Peggy, on dirait que tu n'arrêtes pas de grossir pendant que je t'avale. Tu as un truc, ou quoi ?

Il sourit.

— C'est toi qui sais y faire, murmura-t-il.

Elle replongea, merveilleuse de technique et d'application. On aurait dit une pieuvre blonde et bronzée qui s'enroulait autour de lui, se désenroulait, montait et descendait, s'acharnait, l'enserrait de ses lèvres humides, frémissante du dos et des hanches, tournant lentement autour de lui pour qu'il puisse caresser alternativement toutes les parties de sa personne qu'elle lui offrait généreusement, en fille reconnaissante d'avoir à faire à un homme aussi tendre et fort en même temps.

A un moment, Boris la souleva sous le menton, l'interrompant dans son mouvement de succion.

— Alors ? fit-il. Tu ne veux toujours pas me raconter votre soirée ?

Peggy ondula des reins.

— Hé, papa ! se rebiffa-t-elle. Tu es pas là pour veiller à notre vertu, quand même ?

— Non, émit Boris. Mais ça m'aurait peut-être donné des idées.

Elle haussa les épaules.

— Tu parles. Des compliqués complètement givrés, fit-elle. Rien que la baraque, fallait voir ! Un truc genre folies hollywoodiennes pour stars des années 30.

Elle rêva un instant.

— Je me demande s'il y en a beaucoup du même genre dans le coin, discrètes, bien cachées dans les collines...

Rapidement elle lui décrivit le domaine au-dessus de Couronne-des-Maures, sur son piton rocheux, les piscines, les terrasses illuminées, le vieux village rebâti de manière à ne former qu'une seule et unique maison dans le genre Mille et Une Nuits.

— Tu connais le nom du propriétaire ? interrogea Corentin.

Elle avait la bouche à quelques millimètres d'un minaret de chair tout palpitant et encore luisant de la salive dont elle l'avait enduit.

— Un richard de Paris, fit-elle. Un certain Probst, d'après ce que j'ai compris. Hugo Probst. Ça te dit quelque chose ?

Il sourit. Oui. Ça lui disait. Evidemment. A sa connaissance, Probst n'avait jamais eu d'ennuis avec la police. Mais un bonhomme qui fait sa fortune dans le porno ne peut pas laisser les flics indifférents. Surtout ceux de la Brigade Mondaine.

— Si je n'avais pas peur d'être cuistre, je te réciterais son curriculum vitae à partir de sa date de naissance, murmura Boris.

Elle soupira.

— C'est vrai qu'en plus d'être policier, tu as une mémoire d'éléphant, j'oubliais, murmura-t-elle.

Elle se réintéressa à l'engin majestueux que l'afflux sanguin faisait palpiter tout près de sa bouche.

— Pas seulement la mémoire, d'ailleurs, ajouta-t-elle.

Elle replongea, descendant en spirale de la tête palpitante de sa hampe jusqu'aux boules de chair douce qui roulaient plus bas.

— Quel dommage, fit-elle en se relevant soudain, que Della dorme !

Elle avait le visage tout en feu.

— Ah bon ? rit Boris. Parce que vous deux...

Elle se cambra des reins, provocante.

— Et alors ? Tu vois du mal à ça ? C'est pas parce qu'on se gouine de temps en temps qu'on est gouines, tu sais...

La voix un peu molle de Della à moitié endormie monta brusquement.

— Ça, c'est bien parlé, fit-elle.

— Dis donc, jeta Peggy, tu nous espionnais ?

— Tu vois du mal à ça ? rit Della.

Elle s'était redressée. Très vite sa bouche alla à la rencontre d'une autre « bouche », beaucoup plus secrète, dont les muqueuses roses et gonflées s'ouvraient dans le fouillis vaporeux de sa toison, entre ses cuisses. Elle s'y riva comme une ventouse, tandis que, bouche soudée au membre de Boris, Peggy avait recommencé son patient travail de sape.

Ils s'abattirent tous les trois un quart d'heure plus tard et le sommeil les terrassa tandis que le vent venu de la mer soufflait des bourrasques d'iode par la fenêtre entrouverte.

CHAPITRE XIV

Le long de la Croisette, les premiers lampadaires venaient de s'allumer. Boris crapahutait entre les groupes de touristes qui bavaient devant les palaces ou aux vitrines des grands couturiers.

Comme filature, c'était enfantin. Un gamin de onze ans aurait pu le remplacer, pensa Corentin. D'autant plus que Della et Peggy, à cinquante mètres à peu près, virevoltantes dans des robes à fleurs qui devaient faire un demi-millimètre d'épaisseur, n'avaient pas l'air pressées. Elles aussi s'arrêtaient devant les boutiques de fringues et discutaient sec de leurs préférences réciproques. Des passants, des mâles en chasse, essayaient bien de les draguer mais elles les envoyaient promener en filles qui ont déjà tout ce qu'il leur faut et au-delà.

Qu'est-ce qu'il avait à perdre à leur filer le train ?

C'était ce que Boris se répétait depuis un quart d'heure tandis qu'elles allaient au rendez-vous fixé par l'inconnu qui devait leur remettre le solde de leur prestation. Rien, il n'avait rien à perdre. Rien du tout. Son enquête sur Azuelos était au point mort. Alors, il faisait comme souvent quand ça n'allait pas. Il fonctionnait à l'intuition. Au pif. Il fonçait dans le brouillard. La vie de flic est aussi faite de chances qui vous tendent ou pas les bras, il faut savoir les accueillir parce qu'elles n'insistent pas deux fois.

Et puis Peggy avait, ce matin, évoqué la personne d'Hugo Probst. Une huile. Un patron de presse crade mais florissante. Qui organisait, s'il avait bien compris, des super-partouzes dans sa résidence de millionnaire.

Alors pourquoi, puisqu'il avait du temps devant lui, ne pas essayer d'en savoir plus ? Bien sûr, les réjouissances de chez Probst ne relevaient nullement de ses compétences. On pouvait faire tout ce qu'on voulait, entre adultes consentants. Mais, une fois de plus, on ne savait jamais. Les petits jeux de Probst pouvaient dégénérer, un jour ou l'autre. Ce serait toujours intéressant d'avoir quelques renseignements supplémentaires sur lui.

Et puis surtout, ce qui avait fait un tilt — encore timide d'ailleurs — dans l'esprit de Corentin, c'était l'endroit où Peggy et Della avaient rencard avec l'inconnu. A vue de nez le même que celui où, d'après Léa, le transexuel qui voulait se débarrasser de son mac pour changer de vie et repartir de zéro, il aurait dû tomber sur Azuelos hier soir.

Ça faisait donc des tas de raisons, dans la tiédeur du soir, de crapahuter derrière deux superbes créatures blondes dont les déhanchements, sur la Croisette, déclenchaient des infarctus en rafales parmi la partie masculine de la foule.

***

Boris Corentin recula derrière un camping-car en stationnement le long du trottoir de l'avenue de la Liberté, face au port. La fatigue de la nuit blanche, suivie d'un réveil en fanfare à l'aube, était en train de s'envoler à toute allure.

La terrasse du *Bar des Iles de Lérins*, là-bas, avait beau être bondée, il ne pouvait pas se tromper.

L'homme qui venait d'inviter Peggy et Della à s'asseoir à sa table était pour lui tout ce qu'on voulait, sauf un inconnu.

Ce mufle épais de bouledogue, cette carrure de nabot brutal et vicelard tout en épaules avec pratiquement pas de jambes et ces petits yeux rapides à l'affût qui quadrillaient perpétuellement les alentours, c'était Azuelos.

L'homme qu'il essayait de traquer depuis deux jours.

Comme mac de la Côte d'Azur, il était parfait. Lunettes Porsche monture or, ceinture en caïman verni noir sur pantalon taille basse, mocassins blanc mat en cuir et costard caramel en lin, la seule matière indéfroissable même sous les climats torrides qui déclenchent des sudations intempestives.

Du calme, se répéta dix fois Boris Corentin

pour s'empêcher de jaillir, son RMR Spécial Police au poing, et coller le truand face au mur, mains en l'air bien en évidence, pendant qu'il le soulageait de son Holster visible par instants sous sa veste, côté gauche, accroché à une bretelle de cuir.

Du calme... Tu vas d'abord le coller au derrière pour récolter un maximum d'informations. Et ensuite...

Là-bas, Azuelos et les deux blondes se levaient. L'entretien était terminé. Une enveloppe en papier kraft était passée des mains du souteneur à celles de Peggy. Les deux filles s'éloignèrent, toujours aussi heureuses de faire danser leurs hanches dans la nuit cannoise, chaude et vivante. A mille lieues d'imaginer ce qui se passait maintenant dans leur dos.

C'était le moment de prendre une décision. Azuelos s'offrait une petite promenade apéritive sur le quai et Corentin continuait à le suivre, en essayant d'avoir l'air complètement absorbé par les yachts presque phosphorescents de blancheur, amarrés sous son nez.

Et puis soudain, il n'eut même plus à choisir, parce que c'est Azuelos qui décida à sa place.

Le truand obliqua vers la droite et se dirigea vers une voiture en stationnement. Une Daytona noire tout ce qu'il y a de plus chic avec sièges en cuir jaune paille et tableau de bord en loupe. La Daytona s'arracha dans le rugissement de la boîte de vitesses, à en décoller le macadam encore brûlant du feu du soleil de la journée.

Corentin resta un instant bras ballants pour la

bonne et stupide raison qu'il n'avait pas, lui, de voiture.

La Daytona, après un décollage somptueux, piétinait dans l'embouteillage pharamineux de la Croisette en folie. On peut être un des caïds de la Côte, fournir en filles magnifiques des vicelards richissimes habitant des nids d'aigle comme Hugo Probst, et se retrouver logé à la même enseigne que le dernier des congés payés en train de griller de l'essence pour rien, au point mort, sur l'une des plus célèbres avenues du monde.

« Bon, pensa Corentin, maintenant c'est le moment de se montrer persuasif, sympathique, et de faire éventuellement la connerie de ma vie et de me retrouver devant l'I.G.S. (1) si ça tourne au vinaigre et qu'il y a de la casse. »

Il remontait lentement le flot des voitures en train de chauffer dans l'embouteillage. Par chance, Azuelos, là-bas, au volant de sa Daytona, n'avançait que centimètre par centimètre. Il ne risquait pas de lui échapper. Pas encore en tout cas. Les yeux de Corentin se froncèrent. L'idéal c'était une voiture aussi puissante que celle du truand. Et conduite par un homme seul si possible. Il n'avait pas envie de se taper toute une famille hurlante et angoissée...

Il aperçut un garçon d'une trentaine d'années, bronzé, l'air sportif, au volant d'une Opel Monza GSE. Le mieux, dans la situation où il était,

(1) L'Inspection Générale des Services, la police des polices.

c'était de foncer avec sa plaque de police en avant, barrée de tricolore.

Il se voûta vers la portière de la Monza, côté conducteur. L'autre eut un petit sursaut.

— Rassurez-vous, rit Corentin, vous n'êtes pas en état d'arrestation ! Au contraire. Permettez-moi une question : est-ce que vous êtes contre l'idée d'aider la police ?

Le garçon bronzé le regardait comme s'il lui avait parlé chinois.

— Réfléchissez bien mais réfléchissez vite, reprit Corentin. J'aime mieux vous prévenir que ça peut être dangereux.

Le conducteur de la Monza se dérida brusquement.

— C'est quoi votre truc ? lança-t-il. Un jeu ? La télé ? La « Caméra cachée » ?

Corentin hocha la tête.

— Tout ça en même temps si vous voulez. Sauf qu'en plus c'est sérieux.

Le pilote de la Monza réfléchit.

— Et on va aller loin comme ça ?

Corentin agita sa plaque d'identification.

— Aucune idée, mon vieux.

— Ouah ! jeta enfin l'autre. Enfin l'aventure ! On va s'en payer ! Ça fait des années que j'attends l'occasion. Montez !

Corentin ne se le fit pas dire deux fois.

Il atterrit sur la banquette rouge cornaline au moment où l'embouteillage commençait à se décoincer. Le tableau de bord brillait comme les commandes d'un jet en pleine nuit. Compteur de vitesse, compte-tours, manomètre, ordinateur de bord, chronomètre. Boris se sentit moralement obligé d'insister.

— Vous savez, le type qu'on va prendre en filature est *vraiment* dangereux...

L'autre passait les vitesses. Sous le capot, six cylindres en ligne avec un villebrequin à sept paliers, émettaient un bruit confortable et rassurant.

— Oui, fit-il, mais vous vous êtes *vraiment* policier, hein ?

Il se pencha vers Corentin.

— Et puis vous savez, souffla-t-il, je devais aller dîner avec ma femme chez ma belle-mère, et vous ne pouvez pas savoir comme ma belle-mère est dangereuse elle aussi, dans son genre...

CHAPITRE XV

A la sortie de Cannes, la Daytona d'Azuelos ralentit au poste de péage, un bras en sortit pour prendre un ticket et elle redécolla dans un grand rugissement de plaisir du moteur caressé dans le sens du poil.

— Discipliné, votre ennemi public n° 1, apprécia le conducteur de l'Opel Monza. Vous êtes sûr que vous ne faites pas erreur sur la personne ?

Corentin sourit dans la nuit.

— Il n'y a pas plus respectueux de l'ordre établi que les grands truands, vous ne saviez pas ça ? répondit-il.

— Non, fit l'autre. Mais vous êtes en train de faire mon éducation, il était temps.

Il s'appelait Dutertre. Louis-René Dutertre. A Paris, il travaillait comme dessinateur de bijoux dans l'atelier de conception d'un des plus célèbres joailliers de la place Vendôme.

— Ne le collez pas trop, recommanda Boris. Sur l'autoroute, la circulation est fluide, ce serait dommage de lui mettre la puce à l'oreille.

Louis-René Dutertre rétrograda docilement.

La Daytona avalait allégrement l'autoroute. Au bout de vingt minutes, des panneaux apparurent, indiquant la sortie en direction de Fréjus et de Saint-Raphaël. Le feu clignotant arrière droit de la Daytona se mit à émettre des petits signaux rouges.

— On fait la même chose, soupira Boris.

Il proposa une Gallia au conducteur.

— Espérons qu'il ne nous mène pas en bateau après nous avoir repérés, murmura-t-il en allumant la sienne.

*
**

C'étaient les festivités à Saint-Raphaël, ils ne mirent pas longtemps à le comprendre. Il faisait jour presque comme à midi tellement on avait accroché d'ampoules multicolores sur les promenades, le long de la plage, et on aurait dit que toutes les populations de la Côte étaient venues se concentrer là. Il y avait même du rock qui hachait l'air de la nuit, du hard-rock sauvage et violent qui mettait de l'électricité dans l'atmosphère. Ça venait de l'endroit où la cohue était la plus dense, sur le long boulevard bordant la mer, là-bas, on avait installé un podium qui dessinait un immense carré fluorescent en plein ciel, avec des tas de lumières stroboscopiques qui pétaient autour. Des filles et des garçons bronzés, en short, quelquefois même encore en maillot de bain, passaient, enlacés. La Daytona, à cent mètres devant, était en train de se garer derrière une caravane qui faisait marchand de glaces.

Boris demanda au pilote de la Monza de bien vouloir en faire autant, le plus discrètement possible. Puis il s'extirpa de l'Opel.

— Hé, c'est pas chic ce que vous faites, protesta Louis-René Dutertre. Si on doit coincer l'ennemi public n° 1 je veux être là.

Corentin réfléchit.

— A vos risques et périls, dit-il enfin.

Trois filles dévorèrent du regard Boris Corentin en léchant consciencieusement des boules de glace multicolores. Louis-René Dutertre, qui était d'une taille moyenne et d'un physique également moyen, le regarda avec envie.

— Vous n'avez pas l'air d'avoir de problèmes avec les femmes, vous, constata-t-il.

— L'un dans l'autre, fit Corentin, ça peut encore aller.

— C'est pas comme moi, soupira l'autre.

Corentin avait toujours les yeux fixés sur la courte silhouette d'Azuelos qui n'arrêtait pas de s'engloutir dans la cohue... Il le vit s'arrêter près d'un inconnu au moment où jaillissaient les premières gerbes du feu d'artifice. Il était exactement 22 heures.

— Magnifique, souffla Louis-René Dutertre. On dirait qu'ils le tirent de la mer !

On aurait dit, en effet. Les gerbes multicolores, ponctuées par les applaudissements de la foule, avaient l'air de jaillir des vagues invisibles au ras de l'horizon. Boris se souvint d'avoir lu quelque part que deux rochers jumeaux se dressaient à quelques centaines de mètres, face à la plage de Saint-Raphaël. Le « Lion de terre » et le « Lion de mer ». Ça devait être de là qu'on tirait le feu d'artifice.

Il y eut des applaudissements.

Un panache incendié grimpa vers le ciel, puis retomba comme une sorte de palmier éphémère en mille branches multicolores qui allèrent se perdre dans la mer.

Là-bas, Azuelos était toujours en conversation avec l'autre, l'inconnu.

*
**

Entre Azuelos et Pascal Tretiak la transaction ne dura pas cinq minutes. Les deux hommes n'avaient aucune envie de traîner ensemble. Les détails matériels furent rapidement réglés. Celui pour qui travaillait Tretiak voulait quatre filles demain soir. Dont les deux blondes de la veille. Au même tarif bien entendu. Azuelos répondit qu'il verrait ce qu'il pourrait faire, mais en principe ça ne devrait pas poser de problèmes...

Tretiak s'en alla très vite ensuite. D'abord le vacarme des festivités de Saint-Raphaël lui portait sur les nerfs. Ensuite le contact avec ce maquereau aux petits yeux cruels lui était extrêmement désagréable. Et enfin, il maudissait le sort qui, en faisant périr Goodis la nuit dernière dans un incendie, l'obligeait à prendre sa place et à occuper ses fonctions d'agent de liaison entre Azuelos et le patron.

Enfin l'idée de Bernadette restée à la merci de Probst à Couronne-des-Maures, puisque désormais ils habiteraient là jusqu'à la fin des vacances, lui était extrêmement pénible.

***

Au même instant, en effet, dans une des chambres du domaine, celle qui donnait directement sur la grande piscine de la troisième terrasse, Hugo Probst, nu comme au jour de sa naissance, tournait autour du lit aux draps de soie rose. Bernadette Tretiak avait fait tout ce qu'elle pouvait pour se retrouver où elle était, c'est-à-dire à plat ventre, bras et jambes écartés comme il le lui avait ordonné. Mais ce qu'elle n'avait pas prévu c'était la présence de la femme de Probst, Marie-Anne, immobile dans son fauteuil de paralytique, et qui avait déjà assisté aux premiers assauts de son mari en les dévorant tous les deux du regard.

— Vas-y, jeta Marie-Anne avec une voix étrangement rauque. Mets-la à fond, cette petite pute. Bourre-là, Hugo. Elle ne demande que ça !

Il avait posé les mains sur les fesses soyeuses de Bernadette, il l'écarta encore un peu des pouces, l'ouvrant jusqu'à ce que l'œil minuscule et froncé de ses reins soit bien visible.

Alors, les yeux clos, il se précipita en elle et commença à la défoncer, avec de grands bruits de gifles mouillées à chaque fois que son ventre cognait les fesses de la jeune femme.

***

— Dites donc, jeta soudain le conducteur de l'Opel Monza, ça devient de moins en moins commode de le suivre, votre client !

Après Saint-Raphaël, Azuelos n'avait pas repris l'autoroute, il s'était engagé dans une minuscule départementale déserte qui serpentait à flanc de colline en direction du lac de Saint-Cassien. La route était bordée de chênes-lièges et de pins d'Alep et ils étaient obligés de laisser au moins deux tournants entre la Daytona et l'Opel dans l'espoir de ne pas se faire repérer. La route descendait, remontait, on passait des ponts sur des ruisseaux et Corentin était en train de se demander combien de dizaines de kilomètres de route enténébrée ils allaient encore avaler comme ça, lorsque loin devant eux, une immense lueur rouge se mit à grandir à travers les branches des arbres. Ça avait, en petit, la violence soudaine d'une explosion atomique.

— Merde ! jeta Corentin. Ecrasez le champignon, mon vieux, il est en train de se passer quelque chose et j'aimerais mieux savoir quoi !

Ravi, l'autre fit faire une embardée à son véhicule comme s'il était en train d'essayer de le faire décoller.

CHAPITRE XVI

Lorsque les freins de l'Opel Monza miaulèrent juste derrière le pare-chocs de la Daytona, celle-ci était vide. Corentin gicla par la portière, revolver au poing.

La Daytona penchait du côté où elle ne tomberait pas mais où elle avait un sérieux ennui : son pneu avant droit était crevé. Une jolie flèche très professionnelle à pointe d'acier Thunderhead était fichée profondément dans le caoutchouc. Un vrai massacre. Un vrai chef-d'œuvre de précision dans le tir, aussi.

Quant à la lueur rouge, elle venait des profondeurs du bois de pins qui était en train de crépiter comme un brasero géant.

Boris se jeta entre les troncs qui avaient l'air de danser sur l'arrière-fond rouge fantastique.

— Attendez-moi, gueula Louis-René Dutertre qui n'avait jamais eu l'occasion de s'amuser autant dans son atelier de joaillerie de la place Vendôme.

*
**

Pour Azuelos, tout était fini depuis déjà trois minutes. Le truand qui avait rectifié des tas d'ennemis sans aucun problème n'avait rien compris à ce qui lui était tombé dessus. Lui qui avait eu toutes les filles qu'il avait voulu à sa merci, qui en avait massacré autant qu'il avait pu, avait vu surgir de la nuit une créature rousse, bottée, en mini-jupe rouge, qui le tenait en joue avec l'arme la plus archaïque, la plus primitive du monde : un arc !

Un arc de chasse en bois verni dont la flèche était dardée dans sa direction ! Il se serait battu. En descendant de la Daytona pour examiner son pneu crevé, il avait laissé son arme dans la boîte à gants, un petit Taurus 85 S d'une finition impeccable.

Placé là tout à l'heure parce qu'il transpirait et que l'arme frottait sur son bras, contre ses côtes...

— Qu'est-ce que vous voulez ? avait-il balbutié. Ne faites pas l'idiote !

Mais la créature rousse l'avait obligé, sans un mot, à s'enfoncer dans le bois de pins. Au bout d'un moment elle l'avait assommé. Juste le temps de le ligoter solidement avec des tenders à un tronc.

Quand il avait rouvert les yeux, au bout de quelques instants, il avait plongé en plein cauchemar. Les premières flammes léchaient ses pieds et la fille, derrière le rideau dansant et crépitant, achevait de vider un bidon d'essence dans le brasier. Il hurla.

Le feu s'attaquait déjà à son beau costume de lin couleur caramel.

Puis une épaisse fumée noire commença à l'asphyxier.

*
**

Boris Corentin recula, hagard.

Vingt fois il avait essayé de plonger dans la fournaise. Vingt fois il avait dû y renoncer. C'était épouvantable. Le feu s'étendait à une vitesse inouïe. Les arbres prenaient comme de l'étoupe. Des pommes de pins explosaient comme des grenades, projetant à cent mètres des flammèches qui créaient instantanément de nouveaux foyers. L'incendie commençait, comme c'est souvent le cas, à gagner du terrain en avançant par le simple effet de sa propre chaleur, sans étincelles, comme spontanément.

— Venez ! hurla Louis-René Dutertre qui toussait comme un perdu au milieu de la chaleur étouffante.

Corentin, à regret, tituba vers lui et ils regagnèrent la route. Il avait le visage brûlant comme sous l'effet d'un coup de soleil meurtrier.

Des voitures commençaient à s'agglutiner près de la Daytona et de l'Opel. Un couple jaillit par le toit ouvrant d'une 2 CV.

— C'est eux ! C'est les pyromanes ! hurla l'homme en montrant Corentin et son compagnon.

Des portières claquèrent. Le sang de Corentin jouait du tam-tam contre ses tempes.

— Police, bande de crétins ! cria-t-il en extirpant sa carte barrée de tricolore.

Puis il organisa le dégagement de la chaussée en vitesse. D'ici deux à trois minutes, le feu allait sauter la route et tout le coin serait transformé en chaudière fonctionnant à plein régime.

Azuelos était mort avant même qu'il ait pu mettre la main sur lui. Il avait tout raté. Sur toute la ligne.

Azuelos était mort, et l'Eden provençal, une fois de plus, brûlait.

CHAPITRE XVII

Bien calé dans son fauteuil, devant la fenêtre de la petite chambre qu'il occupait juste sous celle de son maître, Diego Morenas rêvait. Ça lui arrivait souvent, en fin de soirée, quand le travail était terminé. Un travail qui ne lui coûtait pas, d'ailleurs. Presque un plaisir, en fin de compte. D'autres que lui auraient béni le ciel tous les matins, d'avoir un aussi bon maître que Hugo Probst. D'ailleurs est-ce que c'était un maître ? A peine. Presque un ami. Peut-être le seul être en qui Hugo avait une confiance pratiquement absolue. Vingt ans à son service. Une paye. Diego avait donné mille preuves de sa fidélité de chien bien dressé. Quelquefois, Hugo venait dans sa chambre et lui faisait des confidences. Lui livrait des secrets. Même les grands hommes ont besoin d'une oreille dans laquelle s'épancher. Auprès de qui Hugo aurait-il pu le faire ? Il se méfiait des autres. Ses collaborateurs les plus proches. Tout le monde. Des ordures, répétait-il souvent à Diego. Les pires ordures qui soient. « Mes pires ennemis malgré les apparences. Des sourires par-devant, des courbettes autant qu'on veut et au premier faux pas que je fais, ce sera la bousculade pour me précipiter dans le trou et prendre ma place »...

Il ne se faisait pas d'illusions sur la nature humaine, Hugo Probst, il était bien placé pour voir les choses comme elles étaient. Exactement. Quand on a le pouvoir, on voit les hommes tout nus, constamment, ça ne prédispose pas à l'indulgence...

« Dis-toi bien une chose, Diego ! Ce ne sont jamais vos adversaires qui sont vos pires ennemis. Ce sont toujours les plus proches de vous. Toujours. Règle absolue ! N'oublie jamais ! Vos adversaires les plus acharnés ! A portée de main. Sous vos yeux. Et la plupart du temps on ne les voit même pas. N'oublie jamais ça ! »

Diego émit un petit ricanement sourd. C'était une des tirades favorites du P.-D.G. des *Editions du Va et Vient*. Le secret de la vie, d'après lui. Il pouvait le confier sans problème à Diego, c'était bien le dernier qui aurait pu s'en servir...

L'homme de confiance du patron de tant de revues où des filles sur papier glacé s'écarquillaient depuis l'intersection des cuisses jusqu'à la racine des cheveux avec tant de bonne volonté que si elles avaient eu une âme on aurait pu la voir bâiller dans le fond du panorama, se leva et s'appuya à la rambarde de la fenêtre.

Sa chambre donnait sur le campanile, découpé en fine dentelle de fer forgé sur le ciel noir. En dessous, plus bas, il y avait les lumières de Couronne-des-Maures. Plus loin la plaine, puis les premiers contreforts des Maures et de l'Estérel.

Il aspira profondément l'air lourd où les parfums de la journée semblaient s'égoutter dans la torpeur de la nuit. Thym, jasmin, odeurs de garrigues... Et puis ce remugle plus poivré, insistant, qui flottait sur toute la région. La cendre des incendies de ces derniers jours... Il éclata de rire. C'était bien vrai que vos ennemis les plus acharnés se recrutent toujours parmi vos proches...

Mais comment Hugo aurait-il pu imaginer un seul instant que celui qui allait le détruire était l'homme en qui il avait le plus confiance ? Pratiquement son frère...

Il revint vers la petite table basse près du lit. Couverte de photos. Un véritable musée des horreurs du sexe et du crime. La violence jointe à la perversité. Il prit les plus corsées et les tint en éventail, comme des cartes. J'ai un bon jeu, murmura-t-il entre ses dents, je serais un con de ne pas pousser ma chance jusqu'au bout, je l'ai attendue assez longtemps après tout...

Il savait que ce que racontaient ces clichés, c'était une bavure, presque un accident. Mais si un jury d'assises les avait entre les mains, il ne ferait pas le détail, et Hugo Probst irait moisir très longtemps à l'ombre tandis que son empire porno s'effondrerait comme un château de sable.

« J'ai assez longtemps attendu », répéta-t-il silencieusement.

Quarante ans. Quarante années de silence, de soumission. De bons et loyaux services. Ils avaient le même âge, Hugo et lui. Le père d'Hugo l'avait recueilli alors que personne n'en voulait. Un orphelin en loques, fils d'un républicain espagnol réfugié en France après la victoire de Franco, juste avant la guerre de 39-45. Le père de Diego, Baltasar Morenas, avait moisi deux ans dans un camp de réfugiés, puis il s'était marié. Il avait essayé de trouver un boulot, sa femme étant enceinte. Il avait été embauché comme maçon sur un chantier, lui qui, à Barcelone, achevait un doctorat de philosophie quand la guerre civile avait éclaté. Sur ce chantier, il y avait eu un accident et Baltasar était mort, écrasé par un engin, trois mois avant la naissance de Diego. La mère de celui-ci avait, à son tour, cherché du travail après son accouchement. C'est comme ça qu'elle était entrée chez les Probst qui l'avaient engagée comme bonne à tout faire. Et puis un cancer l'avait emportée et Diego s'était retrouvé seul au monde.

L'unique main qui s'était alors tendue vers lui, c'était celle du patron de sa mère : le père d'Hugo...

Il déploya les photos sur le lit. On ne fait jamais assez attention aux domestiques. Surtout ceux qui sont vraiment stylés, efficaces, parfaits. Qui voient tout et qui ne disent jamais rien. Qui attendent patiemment leur heure. Leur chance.

Il s'imagina en train de montrer ces photos à des flics. L'air gêné. Balbutiant. « J'ai longtemps hésité... Mon maître a toujours été si bon pour moi... Et puis tout de même... Il y a eu crime, n'est-ce pas ?... Je ne pouvais pas garder plus longtemps cette vérité pour moi seul... » Et la tête des flics devant les agrandissements. Leur incrédulité d'abord. Leur horreur ensuite. Puis la décision qui s'imposait : arrêter Hugo Probst dans les plus brefs délais.

Les clichés montraient deux filles nues courant autour d'une des piscines du domaine. En pleine nuit. Les photos avaient été prises au flash bien entendu. Pendant les dernières vacances de Pâques.

Diego ferma les yeux. Il revoyait la scène. Cette fois-là il n'y avait que Hugo et Philippe Valderotti, un jeune photographe que Hugo avait l'intention de faire travailler dans l'une ou l'autre de ses revues. Il ne l'avait pas encore engagé. Il n'était que pigiste. Mais un de ces jours il lui ferait signer un contrat. Il lui avait déjà fait faire un reportage pour *Spasmes*. La revue de toutes les turpitudes, d'après la publicité. Ça s'appelait « Sandra dans la chaleur de la nuit » et c'était paru deux mois auparavant. On y voyait une fille toute nue avec un casque d'exploratrice en train de cavaler dans une jungle de studio pour se faire explorer par des bêtes féroces (en réalité des figurants affublés de peaux de bêtes) dans tous les orifices imaginables. Ça avait beaucoup plu à Hugo. C'était exactement ce qu'il voulait. Du vrai « cul » sans détours mais avec un peu d'imagination, un peu d'humour. Il avait l'intention de donner sa chance à Valderotti. C'est la raison pour laquelle il lui avait proposé de venir passer quelques jours à Couronne-des-Maures, chez lui, à Pâques. Histoire de l'observer. De voir ce que le petit photographe blond avait dans le ventre...

Diego se pencha. Sur l'un des clichés, une fille brune, tombée au bord de la piscine, se faisait cravacher par Hugo à l'aide d'une grosse ceinture de cuir. D'abord elle riait. Et puis, peu à peu, son visage se déformait. Sur les derniers clichés, on voyait qu'une peur intense exorbitait ses yeux.

L'autre fille était un peu plus grande et rousse. Avec un corps magnifique, de longues cuisses musclées, des hanches larges, des épaules de gymnaste. L'idéal de Hugo. Il n'aimait que les statues, les femelles au corps de déesse... Décidément, Valderotti était un garçon plein de ressources. C'est lui qui avait contacté Azuelos. Lequel avait chargé ses rabatteurs habituels de lui trouver, sur la Côte, les filles désirées. Pas des putes, avait précisé Hugo. Azuelos avait livré au photographe deux estivantes draguées sur une plage, près de Saint-Aygulf.

La brune s'appelait Cora Sattberg.

La rousse, Raphaëlle Harbin.

Les deux filles avaient pris pension, ensemble, dans un petit hôtel de Saint-Aygulf. D'après la réaction de Raphaëlle Harbin, quand l' « accident » était arrivé, ça n'avait pas été très difficile de comprendre que Cora était pour elle beaucoup plus qu'une amie.

Ça s'était passé vers 3 heures du matin. On pouvait même lire l'heure sur l'un des clichés, à la montre à affichage digital du poignet gauche d'Hugo Probst...

Le « contrat » des deux filles tirait à sa fin,

mais contre une rallonge substantielle, elles avaient accepté de rester encore un petit moment. Hugo et Philippe Valderotti avaient beaucoup bu. De la vodka surtout. Ils ne savaient plus très bien ce qu'ils faisaient.

Hugo avait absolument voulu prendre une dernière fois Cora Sattberg. Mais dans la piscine. Et tout habillé.

Il l'avait précipitée dans l'eau bleue illuminée de l'intérieur.

Et il avait sauté pour la rejoindre.

D'abord il entra en elle par-devant tandis qu'elle flottait à fleur d'eau, battant des mains pour rester en surface. Puis il voulut la retourner. Elle résista un peu, mais il finit par obtenir ce qu'il voulait. Elle était sur le ventre maintenant avec de l'eau au ras du menton. Sur le bord de la piscine, Valderotti continuait à mitrailler la scène tandis que, sur son ordre, Raphaëlle Harbin, à quatre pattes, le suçait sans espoir de parvenir à ses fins étant donné que le photographe avait déjà joui à peu près cinq fois.

Dans le bassin, Hugo avait reculé jusqu'à l'endroit où la piscine, en pente douce, était suffisamment peu profonde pour lui permettre d'avoir pied. Debout, l'eau lui arrivait au-dessus des épaules. Cora, aboutée à lui par-derrière, n'avait pas pied. Il avait scellé sa croupe contre lui et commençait à l'ouvrir. Elle s'était raidie. Elle criait. Il l'avait bloquée aux épaules et, pour ne plus l'entendre, lui avait enfoncé la tête sous l'eau. Il ne savait plus ce qu'il faisait. Tout ce qu'il se rappelait, c'est qu'il voulait sodomiser cette magnifique créature d'autant plus désirable qu'elle se débattait.

Il sentit l'étroite bague de chair qui résistait, essayait de se refermer, puis céda d'un coup et il s'engloutit tout entier tandis qu'il pesait toujours sur la tête de sa partenaire pour l'empêcher de protester.

Il la massacra longtemps avant de se rendre compte qu'elle ne bougeait plus. Quand il se dégagea enfin et la retourna, elle avait les yeux fixes et vitreux. Un peu de sang maculait ses fesses et ses cuisses, flottant en taches rouges à la surface du bassin.

C'est Raphaëlle qui comprit la première ce qui venait de se passer. Elle s'effondra en hurlant et sanglota pendant deux heures. Ensuite, comme elle voulait arracher les yeux d'Hugo Probst, il fallut la bourrer de Valium.

Tard le lendemain, vers la fin de l'après-midi, Diego fut chargé de la ramener lui-même en voiture à Saint-Aygulf. Bien entendu elle ne repartait pas les mains vides. Hugo Probst avait triplé le montant prévu de sa prestation en échange de son silence.

Quant au cadavre de Cora Sattberg, c'est Azuelos lui-même qui vint en prendre livraison et, bien entendu, on n'en entendit plus jamais parler. En banlieue parisienne, un père et une mère, affolés d'angoisse, déposèrent une plainte auprès du R.I.F. (1), mais quand on sait qu'en moyenne entre cinq et dix garçons ou filles disparaissent

(1) Recherches dans l'intérêt des familles.

chaque jour sans qu'on retrouve jamais d'eux la moindre trace, on comprend aussi que les autorités, dépassées, baissent assez rapidement les bras...

Dans la voiture qui la ramenait, Raphaëlle était silencieuse. On sentait que ses nerfs étaient tendus à craquer comme des câbles. Il leur fallut une bonne heure pour rejoindre Saint-Aygulf. C'est pendant ce voyage qu'un plan encore informe germa peu à peu dans l'esprit de Diego...

Celui-ci rassembla à nouveau les clichés et les remit dans la grande enveloppe blanche d'où il les avait tirés.

Il y avait quatre mois que Cora Sattberg était morte.

Quatre mois pendant lesquels il avait travaillé à la réalisation de son plan.

Maintenant, on approchait du dénouement.

CHAPITRE XVIII

L'inspecteur divisionnaire Boris Corentin alluma nerveusement une Gallia et s'aperçut qu'il y en avait déjà une qui grillait toute seule, dans le cendrier, sur le bureau du commissaire principal Alex Bazelas qui le regarda avec un certain étonnement écraser rageusement les deux cigarettes fumantes.

— Ça ne va pas, Corentin ? souffla le gros flic apoplectique en se penchant par-dessus le bureau.

Il poussa vers Boris la tasse de café fumante à laquelle il n'avait pas touché.

— Buvez, murmura-t-il, ça vous donnera un coup de fouet. Vous en avez besoin, on dirait...

Corentin agita la main droite. Il n'avait pas fermé l'œil de la nuit, après la découverte du cadavre d'Azuelos, sur la route de Saint-Cassien, et l'incendie qui avait suivi et qui n'était toujours pas maîtrisé. Juste le temps de foncer à son hôtel pour prendre une douche, et il avait débarqué avenue de Grasse, au commissariat de Cannes.

— On fait aller, grinça-t-il. On me tue sous le

nez le type que j'avais pris en filature et en prime on met le feu à la forêt, mais tout va bien, Bazelas, tout va très bien !

Il fit rouler sur le bureau la flèche qui avait percé le pneu avant gauche de la Daytona d'Azuelos. Une pointe redoutable avec des espèces d'ailerons d'acier.

— En plus, ça ne ressemble à rien, un crime commis avec une arme pareille. On dirait une farce. Une sinistre farce...

Bazelas bloqua la flêche qui roulait vers lui du bout de ses gros doigts un peu spatulés.

— Ne croyez pas ça, Boris, souffla-t-il. C'est une vraie arme, malgré les apparences...

Boris hocha la tête.

— Ça fait quinze ans que j'exerce ce métier et c'est la première fois que je vois un truand attaqué avec ça...

Bazelas sourit.

— Pointe Thunderbread, fit-il. Ça sert à tuer les buffles dans la savane, figurez-vous.

Corentin agita la nuque.

— Vois pas le rapport, lâcha-t-il.

Bazelas plissa les paupières.

— Moi si, figurez-vous, répondit-il en exagérant son accent du Midi.

Il hissa hors de son fauteuil son énorme silhouette de buveur de pastis.

— Je délire peut-être complètement, fit-il, et si mon rapprochement vous paraît ridicule, soyez assez charitable pour vous montrer indulgent...

Boris haussa les épaules.

— Vous croyez que je peux me montrer difficile ? questionna-t-il.

Bazelas cligna de l'œil droit. Il venait de prendre un dossier sur une étagère.

— Alors, écoutez-moi bien, fit-il. Parce que moi aussi je viens d'avoir le choc de ma vie. Pas plus tard que tout à l'heure. Juste avant que vous n'arriviez...

⁂

Le soleil entrait à flots par une baie aussi vaste qu'un porche de cathédrale. Hugo Probst recula dans l'ombre bleutée de la terrasse. La piscine reflétait les rayons comme si elle avait été remplie d'un minerai phosphorescent. Il souffla sur la crème de son *capuccino* en regardant sa montre. Ça allait être l'heure du *Journal* d'Antenne 2. Huit heures du matin.

— Diego, la télécommande, demanda-t-il d'une voix brève.

Le valet impeccable dans sa veste blanche s'empressa d'apporter l'objet demandé.

Puis il s'effaça à la manière des valets stylés qui disparaissent on ne sait comment, comme s'ils traversaient les murs. En réalité, il resta dans l'antichambre baignée d'ombre. Immobile, sec, émacié, les yeux très enfoncés au fond des orbites. On ne fait jamais attention aux domestiques, vraiment.... Comme dans *l'Affaire Cicéron* de Mankiewicz, le film préféré de Diego, où le valet, joué par James Mason, vole à son maître, ambassadeur de Grande-Bretagne, des documents ultra-secrets sur le débarquement prochain des Alliés en Normandie pour les revendre à des diplomates nazis à prix d'or...

Un sourire sinueux se dessina, dans l'ombre, sur le visage de Diego.

James Mason, dans le film en question, portait presque le même prénom que lui : Diello. Et il avait une complice, la ravissante comtesse Slaviska, incarnée par Danièle Darrieux au sommet de sa beauté.

Lui aussi, Diego, avait une complice ravissante.

***

Les yeux noirs de Corentin durcirent.

— Vous êtes sûr ? répétait-il pour la troisième fois.

Le commissaire principal Alex Bazelas se fendit d'un sourire.

— En tout cas ça fait problème, non ? répondit-il.

Boris rapprocha sa chaise du bureau.

— Récapitulons, fit-il. Même si ça n'a rien à voir avec l'affaire Azuelos, ça commence à m'intéresser bougrement. Primo, si je comprends bien, vous avez des doutes sur la mort réelle, dans les flammes, l'autre week-end, de Raphaëlle Harbin dans le jardin de l'hôpital de Grasse ?

Alex Bazelas hocha la tête.

— On ne peut être sûr de rien mais on a quand même recommencé l'autopsie, fit-il. Vous comprenez, un cadavre de fille qui disparaît dans une morgue, à Toulon, c'est tout de même assez rare parce que ça ne passe pas inaperçu. Or le cadavre en question, « enlevé » à Toulon il y a quinze jours, avait les mêmes mensurations que Raphaëlle Harbin. Exactement.

Il consulta une feuille tapée à la machine.

Boris serra les mâchoires.

— La fille de la morgue, fit-il entre ses dents, qui était-ce ?

Bazelas haussa les épaules.

— Une suicidée. Au gaz. Parce que son petit ami venait de la plaquer, selon toute vraisemblance.

Corentin carburait.

— Si on suit votre hypothèse, fit-il, la fuite de Raphaëlle Harbin a été organisée de longue date. On a « kidnappé » un cadavre dans une morgue, on l'a transporté jusqu'à Grasse et là, pour créer une panique favorable à son évasion, on n'a pas hésité à flanquer le feu à toute la région... En pensant que ce nouvel incendie serait mis, comme les précédents, sur le compte de la négligence des touristes, de la malveillance ou des pyromanes.

Il toussota.

— Réfléchissons, reprit-il. Dès que le feu commence à se rapprocher de Grasse, l'évacuation du CHU de la ville est décidée. Le ou les complices se mêlent à la foule, aux sauveteurs, aux pompiers. Dans la panique, ils passent aisément inaperçus. De son côté, Raphaëlle Harbin ne reste pas inactive. Elle assomme sa gardienne puis une infirmière dont elle enfile la blouse... Elle rejoint ses complices au-dehors...

Il réfléchit en silence.

— D'après le rapport d'autopsie, reprit-il, le cadavre de la pseudo-Raphaëlle portait une bague lui appartenant. Et, ce qui est plus... plus délicat, disons, à enfiler, son stérilet.

Il happa une Gallia dans son paquet.

— Ça demande un certain doigté mais ce n'est pas absolument impossible. Admettons. Il faut ensuite précipiter le corps de la fausse Raphaëlle dans les flammes, n'est-ce pas...

Il fronça les sourcils.

— Pour mettre toutes les chances de leur côté, il faut que le corps soit presque complètement carbonisé... Pas question, donc, de laisser le hasard s'en mêler. Imaginez que le vent tourne brusquement et épargne le cadavre ?

Il se leva, Gallia entre les lèvres.

— Par conséquent, reprit-il en faisant les cent pas, on l'arrose d'essence ou d'autre chose avant de foutre le camp. Précaution élémentaire.

Il se bloqua.

— Donc si cette hypothèse est exacte, il y a un moyen extrêmement simple de s'en assurer.

Alex Bazelas releva ses lourdes paupières.

— Lequel ? interrogea-t-il

Boris Corentin le regarda fixement.

— Pas la peine d'attendre les nouveaux rapports d'autopsie, répliqua-t-il. Il faut faire appel à des spécialistes des incendies. Je vais vous expliquer. Les méthodes modernes de chromatographie et d'absorption atomique permettent de déceler les traces d'un liquide inflammable ou les constituants d'un « cocktail » incendiaire. C'est le boulot des experts judiciaires, en général, quand il y a en jeu de grosses primes d'assurances.

Bazelas ouvrit les bras, dépassé par les événements.

— Mais, comment, plusieurs jours après... ?

Corentin sourit.

— Figurez-vous, reprit-il, que lorsque quelque chose a été souillé par un liquide volatil, l'atmosphère en équilibre au-dessus de la chose en question renferme les constituants du produit volatil longtemps après la fin de l'incendie. Seule une analyse par « chromatographie en phase gazeuse » peut permettre de l'affirmer. C'est le travail des laboratoires compétents.

Il se rassit à califourchon sur sa chaise, les yeux brillants.

— Alors, avec votre permission, commissaire, on va les secouer, les « labos compétents », pour qu'ils nous disent en vitesse si, par chromogramme, on peut affirmer ou pas que le pseudo-cadavre de Raphaëlle Harbin a d'abord été arrosé d'un liquide inflammable. Il s'agit d'une analyse très sensible, capable de détecter des quantités infimes de produit volatil...

Il mordit le filtre de sa Gallia.

— Parce qu'elle m'intéresse énormément, soudain, votre Raphaëlle Harbin, après ce que vous venez de me raconter à propos de son père et du sport qu'il pratiquait.

Il se réempara de la flêche avec laquelle le pneu de la Daytona d'Azuelos avait été percé.

— Ou alors, on assiste au plus beau phénomène de hasard objectif que j'aie jamais vu...

*
**

Télécommande à la main, Hugo Probst hoquetait, au bord de l'apoplexie. Il venait de se relever précipitamment. Pas assez pour que sa gorgée de « capuccino », avalée de travers et rejetée tout aussi vite, ne dégouline pas sur son polo en coton à rayures feuilles mortes.

— Bordel de bordel, rugit-il.

Il avait l'œil fixe, exorbité.

Le présentateur des infos d'Antenne 2 venait d'évoquer rapidement la mort étrange d'un certain Azuelos, proxénète notoire de la Côte d'Azur, décédé dans des circonstances atroces la nuit dernière au beau milieu d'un incendie qui, à l'heure qu'il était, continuait à ravager des bois de pins à proximité du lac de Saint-Cassien.

Puis, au chapitre des faits divers, il avait évoqué une affaire qui, selon toute vraisemblance, risquait de rebondir dans les heures qui venaient alors qu'on la croyait close.

Raphaëlle Harbin, meurtrière d'un jeune photographe appelé Philippe Valderotti, n'était probablement pas morte comme la police l'avait d'abord cru, dans l'incendie qui avait provoqué l'évacuation du CHU de Grasse. On n'en savait pas davantage pour le moment, mais il y avait de grandes chances pour que des rebondissements se produisent dans les heures prochaines.

Hugo Probst essuya d'un revers de main le café qui avait dégouliné sur son polo.

C'était un rapide des neurones, le P.-D.G. des *Editions du Va et Vient,* et l'addition était somme toute facile à faire.

D'abord les incendies qui avaient détruit les villas de deux de ses collaborateurs, Goodis et Tretiak. Incendies au cours desquels Goodis était mort.

Puis Azuelos, le maquereau qui le fournissait en filles, assassiné cette nuit à la faveur d'un nouvel incendie.

Et enfin cette nouvelle encore plus accablante pour lui que les précédentes.

Raphaëlle Harbin n'était peut-être pas morte.

Le présentateur du *Journal* avait longuement décrit la façon dont Azuelos était tombé dans une sorte d'embuscade, cette nuit, sur la petite route des collines.

Il avait évoqué la flèche dont la pointe d'acier avait perforé l'un des pneus de sa voiture.

Le rapprochement qu'il avait fallu un certain temps à réaliser pour le commissaire principal Bazelas et pour Boris Corentin, il l'avait fait, lui, en un éclair.

Il savait désormais, sans le moindre doute possible, que Raphaëlle Harbin n'était pas morte.

Et que par conséquent sa vie était menacée.

Il pressa sur un bouton et Diego apparut

comme un djinn de contes de fées sortant de dessous un tapis.

— A boire, gémit-il. Quelque chose de fort. vodka.

Il avait énormément besoin d'un remontant.

CHAPITRE XIX

Une minuscule goutte de sueur scintillante dans le soleil était née à la racine de ses cheveux roux et commençait à suivre la courbe du front bombé, glissant lentement vers l'intersection des sourcils. Rien de tel pour se vider le cerveau que ce genre d'exercice. Ça faisait dix minutes que Raphaëlle Harbin était immobile dans un silence complet. Dix longues minutes avec son arc dans la main gauche et la flèche à empennage jaune entre les doigts de la droite. Un arc droit, un Longbow fin comme un dessin à l'encre de Chine. Quand elle s'exerçait, Raphaëlle, tous les dragons de l'Apocalypse auraient pu tourner autour d'elle, ça ne l'aurait pas tirée de son espèce d'hypnose.

« C'est en regardant l'homme tirer à l'arc que l'on peut juger de sa vertu » : une phrase de Confucius que son père lui répétait souvent. Il lui avait souvent aussi parlé de son premier buffle. L'émotion fabuleuse en face du monstre prêt à charger. Le temps infini entre le moment où on tend l'arc et celui où on tire. Il était resté, cette fois-là, vingt minutes face à la bête avant de se décider. S'il avait raté la cage thoracique, il aurait déclenché l'attaque d'un véritable char d'assaut bien décidé à tuer. Mais il ne l'avait pas raté.

C'est plus tard, beaucoup plus tard, que l'accident était arrivé. Les risques du métier. Le père de Raphaëlle, pendant des années, avait organisé des safaris à 100 000 francs par participant, en République Centrafricaine, à la limite du Soudan et du Tchad. C'est lui qui avait donné à sa fille l'envie d'apprendre les raffinements du tir à l'arc. Un sport fabuleux. Presque une mystique. L'attente, la concentration, l'approche, y jouent un rôle presque plus important que le moment où l'on vise et où la flèche jaillit à 60 mètres-seconde... C'était presque devenu une drogue pour elle.

Elle n'avait pas de reliques plus précieuses que les arcs laissés par son père. Diego Morenas les lui avait conservés, durant ses mois de détention. Diego, devenu son amant le soir où il l'avait raccompagnée à Saint-Aygulf, après la mort de Cora...

Et qui lui avait aussitôt proposé de se venger du meurtrier de celle-ci.

Pas une vengeance banale. Pas un meurtre brutal, direct, vulgaire. Non. Un lent encerclement. Une guerre d'usure méthodique pour détruire à petit feu celui qui avait bousillé son amie. Le mettre à genoux. Le faire vivre dans une peur croissante, inexorable.

La main droite de Raphaëlle, crispée sur la flèche, n'avait pas le moindre frémissement.

La cible qu'elle avait fixée contre le tronc d'un

pin, au fond du parc du camping des Acacias, sur la route de Lorgues, était clouée à mi-hauteur sur un pin. A dix mètres environ. La bonne distance, d'après son père, pour tirer sur un buffle.

Le camping aussi, c'était une idée de Diego. C'est lui qui, plusieurs semaines avant son évasion, avait réservé un emplacement pour sa tente. Quel meilleur endroit qu'un camping pour se réfugier, quand on est en fuite et que, malgré toutes les précautions qu'on a prises, il reste tout de même toujours des risques d'être recherchée ? Quel meilleur refuge que cette immersion dans les eaux opaques de la France profonde ?

Elle sentit que tout son système nerveux était prêt à tirer. Elle allait ouvrir la main droite et la flèche allait fuser en vibrant vers la cible.

— Ça alors ! fit une voix sur la gauche. Formidable ! On dirait Tarzan au féminin !

La fille rousse vira très lentement de la tête et découvrit le type qui s'approchait. Tranquille. Sûr de lui. Le parfait dragueur hilare. Bermuda bleu polyester et coton. Débardeur bicolore Olympic. Espadrilles bleues. Petite casquette à visière bleue sur la tête.

— Je vous observe depuis cinq minutes, reprit-il tranquillement. Une telle immobilité par cette chaleur... C'est de l'héroïsme !

L'arc n'avait pas bougé au bout de son bras. Mais le regard de Raphaëlle était de plus en plus fixe.

La voix du type commença à s'éteindre dans des bafouillis incompréhensibles.

Le regard de Raphaëlle le transperçait.

C'était la première fois qu'une femme lui faisait cet effet-là.

Il eut l'impression fugitive que cette fille n'était pas du tout comme les autres. Ravalant sa salive, il pivota sur ses talons et s'éloigna, les jambes soudain en coton. Elle est pas pour toi, celle-là, pensa-t-il, elle a quelque chose de pas normal du tout...

Dans son dos, la flèche fit son bruit de guêpe et alla se ficher dans la cible. Inutile de se retourner pour deviner qu'elle était sûrement allée frapper pile au milieu.

⁂

Un peu tremblante, la main de Hugo Probst s'avança au milieu des papiers et des crayons feutres sur les grandes tables à dessin inclinées de la grande salle qui faisait office d' « atelier », et où on préparait, malgré les vacances, la maquette de la prochaine revue qui sortirait des *Editions du Va et Vient, Records intimes,* dont la parution était prévue pour janvier prochain.

— Rien de changé, fit-il en ravalant un peu sa salive. On fait la fête ce soir, pas question de reculer !

Pascal Tretiak se rapprocha.

— Ça ne va pas être facile, fit-il observer. Azuelos mort, on a perdu notre contact...

Probst se redressa.

— On réduit les effectifs, voilà tout ! Tu dis que tu as l'adresse des deux blondes d'avant-hier soir, hein ? Alors tu leur files un coup de téléphone tout de suite. Ça devrait déjà être fait. Et ne mégote pas sur les émoluments ! Tout ce qu'elles voudront pourvu qu'elles viennent ici tortiller leur cul !

Il soupira, frottant l'une contre l'autre ses mains moites.

« Qu'est-ce que j'ai besoin de fourrer, pensa-t-il en lui-même, quand ça va mal ! »

Il se rua sur l'interphone tandis que Tretiak s'en allait avec plein de courbettes d'employé-larbin grassement payé.

— Diego, brailla-t-il dans l'appareil. Descends-moi tout de suite Angela ici. Et en pute, j'exige ! Je la veux en pute.

Ça faisait bien la dixième fois depuis hier qu'il se farcissait Angela, la veuve de Goodis. Faute de mieux. Pour essayer d'éteindre ses angoisses grandissantes. Même que Bernadette, l'épouse de Tretiak, lui avait fait un début de scène de jalousie, ce matin, avant de recevoir une paire de baffes magistrales.

Cinq minutes plus tard, Angela apparaissait comme il avait dit. C'est-à-dire les pointes des seins fardées rouge carmin au-dessus des balconnets d'une guêpière en satin noir, bas résille à jarretières noires et bien entendu pas de slip.

Il se précipita sur elle, et tout de suite lui glissa la main entre les cuisses.

— Tu sais pourquoi tu me plais ? grogna-t-il. C'est parce que par là tu es comme une pucelle.

Il enfonçait brutalement les doigts dans son ventre.

— Alors que par là, reprit-il en la cherchant de

l'autre côté, entre les fesses, là où femmes et hommes présentent la même particularité, on dirait qu'on a passé son temps à t'enfoncer l'Obélisque de la Concorde.

Elle se tortilla un peu des hanches.

— Normal, gémit-elle un peu tandis que les caresses de Probst devenaient de plus en plus insistantes dans les deux endroits qu'il avait désignés. Je ne sais pas pourquoi mais je ne rencontre jamais que des types qui veulent m'enculer. A commencer par mon mari, bien sûr.

Elle regarda Probst.

— Tu crois que ça se voit sur ma figure, minauda-t-elle, que j'adore ça ?

Il la retourna la courbant, seins écrasés contre la planche à dessin la plus proche.

— Evidemment que ça se voit, idiote ! fit-il. Evidemment que ça se devine à l'œil nu que tu es la plus belle salope qui ait jamais existé !

Puis il ne dit plus rien parce que, après s'être lubrifié un instant dans son ventre, il venait de s'enfoncer dans ses reins et que Angela, à deux mains, ouvrait encore davantage ses fesses pour qu'il se paye plus aisément l'endroit dont il venait de parler.

Elle ferma les yeux, heureuse. Folle et heureuse. Son mari était mort depuis même pas 48 heures et elle délirait sous les coups de boutoir de celui qui avait été son patron.

Mais c'était plus fort qu'elle : Hugo avait une queue fabuleuse. Rien ne l'excitait comme l'espèce de rigidité artificielle que l'opération chirurgicale qu'il avait subie donnait à son érection. Il suffisait qu'il lui enfonce ça dans les reins pour qu'elle oublie tout. Absolument tout.

Ce matin, d'ailleurs, il avait promis de s'occuper d'elle, sitôt rentrés à Paris. Il allait lui louer un appartement. Il viendrait la voir de temps en temps. Elle serait sa favorite, en somme. Sa maîtresse préférée.

Probst était comme ça. Jamais ils n'abandonnait ses employés dans le malheur. Ni surtout les épouses de ceux-ci.

CHAPITRE XX

Le commissaire principal Alex Bazelas raccrocha, le sourire aux lèvres.

— Vous aviez raison, chantait-il de sa voix méridionale. Ils ont fait fissa pour les analyses. Le chroma... Le chroma...

— Chromatogramme, compléta Boris en face de lui.

Bazelas balaya de la main le nuage de fumée qui stagnait à travers le bureau, depuis si longtemps qu'ils étaient enfermés ensemble, au premier étage du commissariat de Cannes.

— Ils m'ont parlé de « courbes de Gauss » et de je ne sais quoi. De « colonnes chromatographiques » aussi, je crois. Enfin bref, en un mot comme en cent, le cadavre carbonisé qui est à la morgue du CHU de Grasse a bel et bien été arrosé d'un produit volatil. Inflammable. Vous avez gagné, Corentin !

Boris se détourna, cigarette aux lèvres.

— Le premier point est donc acquis, murmura-t-il. Raphaëlle Harbin est bel et bien en liberté. Une dingue en liberté. Dingue et meurtrière... Meurtrière et prête à tout...

Il fit craquer lentement les jointures de ses mains.

— Sous réserve bien sûr d'une nouvelle autopsie du cadavre. Mais ça m'étonnerait que celle-ci ne confirme pas nos certitudes actuelles.

Il alluma une Gallia.

— Donc, pour des raisons que nous ignorons tous les deux, Raphaëlle Harbin massacre Azuelos, que je suis précisément en train de filer. Nous savons que c'est elle parce qu'il n'y a pas trente six mille personnes dans le coin à être capables, en pleine nuit, de viser pile dans un pneu de voiture en train de rouler. Surtout à l'arc ! Si mes souvenirs sont bons, une centaine de Français s'adonnent à ce sport autrement qu'en amateurs. Et d'après les antécédents de Raphaëlle, celle-ci en faisait partie.

Il toussa pour s'éclaircir la voix.

— Maintenant, réfléchissons. Azuelos, parmi mille autres activités, fournissait en filles un certain Hugo Probst, P.-D.G. d'un petit empire de presse florissant, spécialisé dans le porno. Ne me demandez pas comment je le sais, vous pouvez me faire confiance. Or...

Il désigna le dossier sur le bureau de Bazelas.

— Or, reprit-il, ce que nous venons de lire, vous comme moi, tapé à la machine noir sur blanc, en réépluchant à la loupe le dossier Raphaëlle Harbin, c'est que le type qu'elle a sauvagement bousillé, il y a quelques mois, dans un hôtel de Saint-Paul-de-Vence, Philippe Valderotti, était photographe. Et comme l'enquête à l'époque a été bien faite, nous avons les titres de tous les journaux où ont été publiés ses clichés ou ses reportages. Dont le magazine *Spasmes*, qui appartient à Hugo Probst. Lequel utilisait comme rabatteur de filles Azuelos. Qui lui-même vient d'être tué par Raphaëlle Harbin. Qu'est-ce que vous dites de ça ? Ça se tient, non ? On n'a peut-être pas les motivations de tous ces événements, mais ça fait déjà une jolie chaîne... C'est du béton, hein ?

Il montra les dents dans un sourire.

— Du béton qu'il va falloir attaquer au marteau piqueur.

Il regarda sa montre. Presque 15 heures. L'heure de la sieste. Avec un peu de chance, il pouvait encore les dénicher à leur hôtel. Il montra le téléphone.

— Je peux ?

Il pianota le numéro de l'hôtel où étaient descendues Della et Peggy.

Pendant que la sonnerie électronique commençait à hoqueter, le commissaire principal Bazelas s'étira.

— Qu'est-ce que vous diriez d'un sandwich, Corentin ? Avec tout ça, on a raté notre repas de midi...

Boris hocha la tête. Il était en train de s'expliquer avec la réception de l'hôtel.

On lui passa enfin la chambre désirée.

— Allô ? fit au bout d'un moment une voix ensommeillée.

— Peggy ? interrogea Corentin.

— Non, Della.

— Je te réveille ?

— Boris ! C'est toi ? Ecoute...

— Non, toi tu vas m'écouter...

— Oh, ne sois pas jaloux mais on est crevées toutes les deux. Et ce soir, on a encore une fiesta. Alors tu sais...

— Hé ! Pourquoi je serais jaloux ? rit Boris. Vous êtes trop belles pour ne pas en laisser profiter les autres ! Mais je peux quand même te demander où elle a lieu, votre petite fête de ce soir ?

— Chez le même type que l'autre jour. Tu sais, ce drôle de bonhomme avec sa villa de maharadjah !

— Formidable, jaillit Boris. Ne bougez surtout pas. J'arrive. On a des tas de choses à se dire.

Cinq minutes après, Corentin était en train d'expliquer son plan au commissaire principal Bazelas. Celui-ci rumina longuement, puis :

— Sérieusement, vous savez que je devrais vous coller des hommes à moi ? fit-il. Ça m'embête de vous laisser travailler en solo comme ça...

Corentin plissa le front.

— Sérieusement, répéta-t-il, ça foutrait tout en l'air, commissaire, vous le savez autant que moi...

***

A la *Madone*, l'hôtel de Boris, il y avait un message de Léa, la transexuelle qui avait flanqué le feu aux poudres en proposant à Corentin de mettre son mac, c'est-à-dire Azuelos, hors d'état de nuire. « J'ai peur, disait le message de celle qui se faisait appeler Léa de Marceval. Je fous le camp, Boris. La mort d'Azuelos c'est trop pour moi, ses copains vont chercher à se venger. Je crève de trouille ! »

Il haussa les épaules. Une guerre des gangs en perspective ? Les guerres des gangs n'ont jamais été pour déplaire à la police, loin de là. Tant que les truands s'entre-tuent, ça ne fait de mal à personne qu'à eux, ce qui n'est pas vraiment une grosse perte. Il sourit. La pauvre Léa était en train de paniquer, alors qu'elle était complètement en dehors du coup sans le savoir...

Il regarda à nouveau sa montre. Il était en nage et il avait une furieuse envie de reprendre une douche et de se changer avant de retrouver Peggy et Della à leur hôtel.

***

Au même instant, Roger et Simone Cuvelier, les voisins de camping de Raphaëlle Harbin, virent arriver la longue silhouette maigre de l'homme qui avait aidé leur jolie voisine rousse à s'installer le premier jour. Il était descendu d'une R 21 Navada diesel et s'avançait sous les mûriers et les chênes du parc. Simone Cuvelier ne le suivit pas des yeux jusqu'au bout parce que le café était sur le point de bouillir sur son réchaud en acier émaillé à trois brûleurs alimenté par une bonbonne de Butane camouflée sous une jupette en plastique à fleurs. Elle rentra dans la caravane au moment où l'homme pénétrait sous la tente occupée par Raphaëlle Harbin...

Malgré la protection des arbres, le soleil tapait sur les parois en coton imperméable de la petite tente rouge de Raphaëlle. Par la fenêtre latérale en plastique transparent dont le volet était à moitié déroulé, fusait une sorte de vapeur rose qui baignait le long corps roux de la jeune femme, allongée sur son duvet en polyamide et coton. Dès qu'elle aperçut Diego, elle se hissa sur les coudes.

— C'est pour ce soir, souffla le valet d'Hugo Probst qui voyait arriver le bout du long tunnel de soumission et de silence qu'avait été sa vie. Tu n'auras aucun problème. Tu monteras comme je te l'ai expliqué par le funiculaire. Je m'arrangerai pour que la cabine soit en bas. A 20 h 30 pile. Souviens-toi. 20 h 30.

Raphaëlle se recoiffa de la main droite.

— Enfin ! soupira-t-elle. On va s'amuser enfin.

Il s'était agenouillé. Il lui effleura le front.

— Comme tu dis, ricana-t-il.

Elle l'enveloppa d'un regard fiévreux et soumis. Rien à voir avec ses yeux fixes de tout à l'heure, quand ce crétin de campeur avait essayé de la draguer. Diego, c'était son sauveur. L'homme qui, il le lui avait promis, allait l'emmener loin d'ici. Loin du cauchemar qui la poursuivait depuis qu'elle avait, sous ses yeux, vu mourir Cora, la seule fille qu'elle ait jamais aimée avant Diego... Il l'avait en somme deux fois arrachée à l'enfer. Elle adorait Cora plus que tout. Elle l'avait connue quand elles faisaient un stage, à Paris, pour devenir aide-soignantes dans les hôpitaux. Tout de suite, ça avait été le grand amour. Plus fort qu'une passion strictement sexuelle. Une véritable fraternité de filles seules, sans familles, un peu apeurées par le monde et qui se blottissent l'une contre l'autre pour se protéger. La voir mourir avait été, après la mort de son père, le pire moment de sa vie.

Depuis, elle n'avait plus songé qu'à une chose : se venger, détruire ceux qui avaient anéanti son fragile bonheur.

Dans sa chambre d'hôtel de Saint-Aygulf, Diego avait su faire ce qu'il fallait pour la calmer, la rassurer. Il l'avait prise en main, en somme.

La première chose à faire d'après lui, si elle voulait se venger de Hugo Probst, c'était de récupérer le reportage photo pris par Philippe Valderotti. Là-dedans, il y avait de quoi faire mille fois arrêter et condamner le P.-D.G. des *Editions Va et Vient*. Il lui avait proposé un plan simple : elle s'introduirait dans la chambre d'hôtel de Valderotti, à Saint-Paul-de-Vence, et elle ferait main basse sur les rouleaux photographiques. C'est lui, bien sûr, qui lui indiqua le jour et l'heure où elle pourrait opérer.

Seulement, quand elle s'introduisit dans la chambre du photographe, celui-ci gisait par terre. Et il y avait des mares de sang partout. Des éclaboussures sur tous les meubles. Des traînées sur les murs et la salle de bains. Valderotti était couché sur le ventre, mais la nuque tordue sur le côté. Ses cavités oculaires aussi étaient éclabous-

7

sées de sang. Après l'avoir tué, on s'était acharné sur lui, comme très peu de meurtriers le font sur une victime.

Et au milieu de son bas-ventre il y avait cette horreur : son pantalon baissé sur les genoux, et ce bouillonnement de sang là où le sexe avait été tranché.

Raphaëlle, abasourdie, avait fait ce qu'il ne fallait pas faire. Elle avait marché dans le sang. Elle y avait laissé les empreintes de ses pieds. Elle s'était penchée, elle avait effleuré du bout des doigts le sang sur la moquette. Elle n'arrivait pas à comprendre ce qui s'était passé. Elle avait peur, mais en même temps elle était fascinée. Elle n'arrivait pas à s'arracher à l'abominable spectacle. C'était comme une hypnose. Au lieu de fuir, elle s'assit sur le bord du lit, les pieds baignant dans le sang du photographe. Combien de temps resta-t-elle ainsi, l'esprit vide, absolument vidé de toute pensée ? Impossible à dire. Il n'y avait que cette douleur curieuse à la nuque dont elle se souvenait. Comme à chaque fois qu'elle s'était retrouvée dans cet état. Elle avait déjà fait plusieurs séjours dans des institutions psychiatriques. Ils avaient un mot pour désigner le phénomène. « Catatonie ». C'était comme si, soudain, elle se solidifiait. Ses membres devenaient plus durs que du marbre. Ses muscles étaient bloqués. Aucune expression sur le visage. Comme morte. Ils avaient aussi parlé de « démence précoce ». De tendance à l' « autisme schizophrénique »... Ça avait commencé à ne plus aller du tout dans sa tête, après la mort de son père. Depuis, ça déraillait complètement. Elle le savait. Elle avait toute sa lucidité entre les crises. Il y avait quelque chose de détraqué. Peut-être que ça n'était pas si grave que ça. Que ça s'arrangerait, plus tard, quand elle serait loin d'ici. Loin de toute cette merde. C'est ce que lui répétait Diego en tout cas.

Après les crises, elle se réveillait, en général, sans aucune idée de ce qui avait pu se passer. Aucun souvenir. Cette fois-là, à l'hôtel de Saint-Paul-de-Vence, c'est exactement ce qui arriva une fois de plus. Elle réémergea du brouillard alors qu'il y avait des tas de gens autour d'elle. Comment étaient-ils venus là ? Comment avaient-ils été prévenus ? Ils parlaient d'elle, ils l'interrogeaient, il lui demandaient pourquoi elle avait tué le photographe...

Elle, évidemment, elle ne répondait pas. Elle n'avait pas la moindre hypothèse à leur fournir. Toute cette affaire ne la concernait pas.

Comme elle avait des antécédents, un dossier psychiatrique déjà assez conséquent, on décida de la mettre entre les mains de spécialistes qui décideraient si, aux termes de la loi, elle était atteinte au moment des faits « d'un trouble psychique ou neuro-psychique ayant aboli son discernement ou le contrôle de ses actes »...

Dans l'ombre rouge de la tente, elle avança les bras vers Diego.

— On va partir ensemble, n'est-ce pas ? chuchota-t-elle. C'est bien vrai ?

— Oui, lâcha le valet d'Hugo Probst.

Ses yeux très blancs autour des gouttes d'encre noire de ses pupilles la fixaient.

— Prenez-moi, reprit-elle, le vouvoyant comme elle en avait pris l'habitude dès le début. Je vous en supplie. Une dernière fois avant de repartir...

Il était immobile. Il respirait presque silencieusement. Il n'avait aucune envie d'elle. Il n'avait jamais eu envie d'elle, d'ailleurs. Son esprit était très loin de tout ça, et depuis bien longtemps. Seulement ça faisait partie de la comédie. Du « montage ». Il fallait qu'une dernière fois il la prenne. Pour qu'elle n'ait pas le moindre doute. Ça aurait été trop bête de commettre la plus petite erreur, si près du but. Lui, les femmes ne l'avaient jamais vraiment intéressé. Toute sa pensée était tendue dans une seule et unique direction. Bien trop absorbée pour que puissent s'y loger des bagatelles qu'il considérait comme de pures et simples futilités.

Il la retourna doucement, lui écartant en même temps les cuisses et les ouvrant. Puis il baissa encore un peu son visage contre le sac de couchage en pesant du plat de la main sur sa nuque. La crinière rousse de Raphaëlle tombait en lourds rouleaux étincelants autour d'elle.

— Ouvre-toi encore, commanda-t-il.

Elle obéit très lentement. Elle savait ce qu'elle devait faire. Des deux mains. En s'empoignant les fesses pour les écarter. Elle avait une croupe merveilleusement dure et musclée dont elle sépara peu à peu les hémisphères.

— Le doigt, siffla Diego.

Le majeur de la main droite de Raphaëlle se coula jusqu'au sillon de son propre sexe et s'y humecta quelques secondes. Puis il remonta et se réenfonça ailleurs, dans un orifice plus étroit.

Diego regardait l'opération, hypnotisé. Ça finissait quand même par lui faire quelque chose. Il descendit vers elle, lui retira la main brutalement et s'enfonça, la labourant jusqu'au plus profond de son intimité.

***

A Cannes, dans la minuscule chambre d'hôtel qu'occupaient Peggy et Della, l'atmosphère était vraiment étouffante. A cause de la pénombre d'abord. De la chaleur ensuite. Et surtout parce que deux grandes et belles filles blondes y avaient longuement mijoté pendant leur sieste et qu'elles avaient quand même dû se donner un peu d'exercice ensemble, tendrement, pour mieux dormir après... Il flottait dans l'air une prenante odeur de sueurs féminines heureuses et saines...

Boris Corentin se fouilla à la recherche d'une Gallia et s'insulta : son paquet était vide. Il attrapa les Chesterfield d'une des filles, sur la table de nuit.

— Vous avez bien compris ? répéta-t-il. Tout ce que je veux c'est m'introduire dans la place. Chez Hugo Probst. Alors voilà. C'est très simple.

Un ami vous a accompagnées en voiture. Cet ami, c'est moi. Vous n'êtes pas des brutes, vous êtes reconnaissantes envers l'ami en question et vous suggérez au maître de maison de m'offrir un verre avant que je ne reprenne la route.

Peggy était assise, nue, sur un petit tabouret en face de la minuscule table qui lui servait de coiffeuse. Eye-liner dans la main droite, elle vira vers Boris.

— Et ensuite ?

Il eut un geste vague.

— Ça dépendra. J'improviserai.

Della, toujours couchée sur le lit, roula sur le côté.

— Si on doit encore faïre des trucs tordus toute la nuit, soupira-t-elle, j'aimerais bien prendre un apéritif, moi.

— Apéritif ? interrogea Corentin.

— Ben oui, quoi. Avant de partir, on peut quand même s'offrir les joies de l'amour à la façon normale et simple, non ?

— Faut voir, lâcha Boris.

— Voir quoi ? questionna Peggy.

Elle s'était levée. Il se retrouva brusquement entre deux feux, c'était le cas de le dire. Deux blondes incendiaires qui ne le laisseraient pas sortir vivant de la chambre, s'il disait non.

— Voir quoi ? répéta Peggy en enroulant ses beaux bras musclés autour du cou de Boris. Tu sais bien que ce qu'on adore chez toi c'est que tu es toujours prêt quand on en a envie !

CHAPITRE XXI

Hugo Probst tourna son mufle épais vers la plaine. La cloche du campanile, en contrebas, à mi-pente de la dénivellation, venait de lâcher huit notes d'une pureté merveilleuse qui s'accordait admirablement à la beauté calme de la plaine et des montagnes sur lesquelles tombait la légère vapeur bleue du soir.

— Je comprends ce que vous pensez, murmura Diego Morenas. C'est dur de devoir abandonner tout ça. N'imaginez pas que je ne sache pas me mettre à votre place.

Ils étaient à l'étage où les premières vaguelettes de la piscine venaient affleurer le marbre qui tapissait le sol du salon. On ne savait pas exactement où commençaient les reflets de l'eau et où finissaient ceux du marbre.

Probst se leva. Il avait rapidement surmonté l'envie de se précipiter sur Diego pour l'étrangler. Un vrai patron habitué au commandement réprime très facilement ce genre de tentation... D'ailleurs il ne pensait même pas à Diego en cet instant. Il pensait à son domaine. L'œuvre de sa vie. La folie architecturale de son palais. Où il y avait encore tant à faire. La salle de jeux, par exemple, au dernier niveau, le plus bas juste au-dessus du parking, qu'il avait l'intention de faire construire l'année prochaine. Avec un sauna, un hammam et un court de tennis. Et puis la discothèque, aussi, qu'il voulait faire aménager à l'intérieur de l'ancienne chapelle. Et puis...

La voix de Diego l'arracha à sa rêverie amère.

— D'ailleurs, qui vous dit que vous allez être obligé d'abandonner tout ça ? reprit celui qui avait été son valet pendant près de vingt ans. Nous ne sommes pas si voraces... Tout ce que nous voulons...

Il ricana, montrant le paquet de photos qu'il avait étalées sous le nez de Probst. La série de clichés pris en cette nuit des vacances de Pâques où Cora Sattberg était morte. Et récupérés le jour où, précédant d'une heure l'arrivée de Raphaëlle, il s'était introduit dans la chambre de Philippe Valderotti, l'avait assassiné et s'était acharné ensuite sur son cadavre d'une manière assez abominable pour donner à des régiments de psychiatres l'envie de se pencher sur le cas de la suspecte n° 1, la seule et unique coupable possible : la fille qu'ils trouveraient dans la chambre un peu plus tard, alertés « anonymement », par lui bien entendu...

— J'ai l'impression que vous n'avez pas bien regardé ces photos, ricana-t-il. Vous devriez les examiner de plus près. Vous comprendriez à quel point, au fond, nos exigences sont modestes.

La nuit était presque complètement descendue

à présent. Diego pressa un interrupteur et des appliques dissimulées derrière les canapés se mirent à diffuser une lumière douce et rose.

— Tu es une petite ordure, siffla Probst entre ses dents.

Il n'en revenait pas d'avoir réchauffé cette vipère, comme on dit, pendant vingt ans dans son sein. Il avait beau essayer de garder son calme, c'était plus fort que lui.

— Tu es un vulgaire gangster, reprit-il.

— Et vous un meurtrier, murmura son ex-valet impassible.

Il chercha un paquet de cigarettes dans sa veste en alpaga à carreaux. C'était la première fois qu'il allait se payer ce luxe merveilleux : fumer sous le nez de son patron...

— Evidemment, la pellicule est en lieu sûr, ajouta-t-il. Je ne vous ferai pas l'injure d'insister sur ce point.

Il balança un nuage de fumée bleue en direction du plafond.

Probst avait d'énormes difficultés à avaler sa salive.

— Tu veux de l'argent ? fit-il. Beaucoup d'argent ?

L'autre haussa les épaules.

— Vous me décevez, murmura-t-il. Je croyais vous avoir déjà précisé que je ne travaillais pas pour mon compte. Je vous ferai savoir plus tard quels sont mes nouveaux patrons. En temps voulu.

Ça faisait à peu près un an qu'il avait été contacté par un puissant groupe de Francfort. La

« Groener ». Le *Cartel* comme disaient les initiés. Une énorme organisation dont les activités s'étendaient, en République Fédérale allemande, sur tous les domaines du plaisir et du vice. Depuis les clubs de rencontres et d'échangisme jusqu'à la presse spécialisée. Depuis quelque temps, le *Cartel* avait des tentations expansionnistes. En Italie et en France tout particulièrement. Le groupe florissant dirigé par Probst était donc spécialement dans son collimateur.

— Tout ce que l'on vous propose, reprit Diego, c'est une association. Avouez que ça pourrait être pire...

L'autre l'examinait, ahuri.

— Une association ? répéta-t-il sans parvenir à comprendre vraiment.

— Ecoutez, murmura Diego, c'est extrêmement simple. Vos affaires sont en pleine santé. Ce que nous vous demandons, c'est d'en céder une partie à une société dont je serai le gérant.

Il eut un geste parabolique.

— Les opérations se dérouleront le plus légalement du monde, ajouta-t-il. De purs et simples jeux d'écritures. Et nous deviendrons les meilleurs amis du monde, n'est-ce pas, puisque nous serons associés...

Probst le fusilla du regard.

— Et si je refuse ? grogna-t-il.

L'autre haussa les épaules.

— Ce sera la chute de Citizen Kane, siffla-t-il. La chute libre. La police recevra les photos que voici, accompagnées du récit circonstancié de la soirée au cours de laquelle la malheureuse Cora

Sattberg a trouvé la mort, et le célèbre Hugo Probst se retrouvera tout bonnement en taule avec une inculpation d'assassinat.

Sa cigarette était à moitié consumée. Il la laissa négligemment tomber à terre et l'écrasa de la semelle, souillant de cendre le beau dallage de marbre du salon.

— Et le groupe pour lequel je travaille deviendra, sans le moindre problème, propriétaire de la totalité de votre empire de presse. Sans compter le reste.

Il ouvrit les bras.

— Vous voyez. Il s'agit d'une offre honnête, non ?

Probst secoua la tête.

— Mais tous ces morts, balbutia-t-il. Goodis, mon employé... Azuelos... Ces incendies...

Diego eut un rire aigu.

— Pure préparation psychologique, émit-il. Négligeable. Il fallait que vous compreniez que nous ne plaisantons pas.

Il pivota sur les talons. Comme il se sentait bien dans sa nouvelle peau d'homme libre ! Comme il était heureux de vivre à présent, après toutes ces années d'esclavage !

— Bien entendu, nous recommencerons si vous nous résistez. La guerre des nerfs, quoi. A force de voir ceux qui nous entourent tomber comme des mouches, vous finirez par devenir raisonnable, nous en sommes persuadés...

Il se rapprocha.

— Je suis certain, par exemple, que vous détesteriez que nous nous en prenions à votre femme...

L'émail des dents de Probst grinça.

— Laissez Marie-Anne en dehors de tout ça, lâcha-t-il. Sinon...

— Sinon quoi ? murmura Diego. Vous savez bien que vous n'êtes pas en état de nous menacer.

Il fit craquer les jointures de ses mains.

— Et puis, elle n'est pas si innocente que vous voulez le dire, la paralytique, ajouta-t-il. Elle aime bien se rincer l'œil pendant vos petites fêtes, pas vrai ? Elle en sait des trucs, votre femme... D'ailleurs je ne la blâme pas. Le plaisir des yeux, c'est tout ce qui lui reste... Laissons-la en profiter, en effet.

Hugo Probst était au bord de la nausée.

— Et cette fille, bafouilla-t-il. Raphaëlle... Raphaëlle Harbin... Elle est vivante, n'est-ce pas ? C'est vous qui l'avez aidée à s'évader ?

Diego hocha la tête.

— Elle faisait partie du plan général, expliqua-t-il.

Il regarda sa montre.

— Elle va être ici d'un instant à l'autre, d'ailleurs. J'espère que vous allez être très convainquant, très éloquent avec elle. Elle ne vous porte pas dans son cœur, vous savez, après ce que vous avez fait à sa copine...

Probst avança vers son ancien valet un visage décomposé.

— Pourquoi a-t-elle tué Philippe Valderotti, le photographe ? hurla-t-il. Il n'avait rien fait, lui ! Pourquoi ?

Diego eut un mince sourire.

— Ne dites pas de sottises, fit-il. Valderotti

c'est moi qui l'ai tué. Bien entendu. Puis massacré avec assez de raffinement pour faire croire au crime d'une folle.

Il détourna les yeux.

— D'ailleurs elle l'aurait peut-être fait elle-même, vous savez ? Elle en est capable : elle est totalement dingue...

Hugo Probst recula.

— C'est vous qui êtes fou à lier ! C'est vous qui êtes un monstre !

Diego regardait ses ongles.

— On ne se méfie jamais assez des larbins, murmura-t-il posément. J'ai longtemps attendu que se présente l'occasion. Elle est arrivée durant les dernières vacances de Pâques. Votre première erreur... Est-ce que je n'aurais pas été complètement idiot de ne pas en profiter ? Je vous le demande ?

Hugo Probst haletait.

— Vous avez tué. Vous avez fait tuer. Vous avez transformé cette fille en complice. En meurtrière. Vous êtes abominable.

Diego Morenas contempla celui dont il avait partagé les jeux d'enfants, à une époque qui lui paraissait aussi lointaine que la préhistoire la plus reculée.

— Que voulez-vous ? interrogea-t-il. Quand on est né du mauvais côté de la barrière, c'est bien rare que les méthodes qu'on emploie pour redresser la situation soient toutes vraiment propres...

Il fit un tour sur lui-même.

— En tout cas, moi, je sauve ma peau et ma liberté, fit-il. Et je deviens riche par la même occasion. Je ne sais pas si vous pourrez en dire autant... La roue tourne. C'est la loi de la vie. Ceux qui sont en haut se retrouvent en bas. Et ceux qui sont en bas se mettent à grimper. Très moral, en fin de compte...

Juste à ce moment-là il tourna la tête vers la piscine et ce qu'il vit l'immobilisa.

Découpée à contre-jour sur l'eau phosphorescente, Raphaëlle était debout et le regardait fixement. Et elle dirigeait son arc de chasse vers lui. Flèche pointée dans sa direction.

Elle avait dix minutes d'avance sur l'horaire et rien qu'à la regarder, Diego comprit qu'elle n'avait pas perdu un mot du récit qu'il venait de faire à son ancien patron, concernant le meurtre de Philippe Valderotti, le photographe. L'assassinat abominable qui l'avait précipitée entre les mains de la police et des psychiatres.

***

Du bout de la semelle, Boris Corentin caressait l'accélérateur de la R 18 prêtée par le commissaire principal Bazelas. Ils venaient de quitter l'autoroute A 8 au Muy et les pinceaux des phares éclairaient une petite départementale sinueuse où les fûts des pins d'Alep défilaient à toute allure, giflant la nuit.

— Ouah ! On est en plein polar, ça me plaît, rit Della assise à côté de Boris.

Corentin la regarda du coin de l'œil.

— Tu gardes le moral, au moins, ça fait plaisir à voir.

Peggy, à l'arrière, se rapprocha.

— Pourquoi on n'aurait pas le moral ? demanda-t-elle. On est avec un superflic de la Brigade Mondaine, on n'a rien à craindre !

A côté de lui, Della portait un tee-shirt blanc qu'elle ôta soudain rapidement, bras levés au-dessus de la tête, en expliquant qu'elle avait trop chaud. Ses seins aux pointes longues et roses se mirent à darder comme deux mini-obus, tandis que la fille rafraîchissait son tee-shirt en l'agitant au bout de son bras, par la fenêtre ouverte.

Corentin, qui abordait un tournant assez raide, faillit envoyer la R 18 dans le fossé.

CHAPITRE XXII

— Tu sais que je ferai ce que je dis, n'est-ce pas ? Alors c'est plus sage d'obéir, non ?

Diego Morenas blanchissait à vue d'œil. Le sang-froid de Raphaëlle l'épouvantait. Elle n'avait pas demandé un mot d'explication. Au contraire. Il avait essayé de se justifier et elle l'en avait empêché en le menaçant de l'abattre tout de suite s'il parlait. Elle avait le regard vitreux et fixe et elle n'arrêtait pas de le viser avec son arme. Il la connaissait assez pour savoir en tout cas qu'elle était capable de l'atteindre en plein cœur s'il faisait le moindre mouvement suspect.

Il se redressa. Il avait, selon ses ordres, arraché les cordons des doubles rideaux de la baie vitrée et attaché Hugo Probst à l'une des quatre colonnes torsadées en marbre du salon. Solidement ficelé comme un saucisson, le patron des *Editions du Va et Vient* regardait la grande fille rousse comme une apparition surgie d'un affreux cauchemar. Les pires. Ceux dont on ne parvient pas à se réveiller. Il avait essayé de protester. Mais sur un commandement bref de Raphaëlle,

Diego avait enfoncé un mouchoir dans la bouche de Probst et maintenu celui-ci avec un bout de corde noué sur sa nuque.

— Laisse-moi t'expliquer, murmura Diego d'une voix blanche.

Il faisait un effort surhumain pour ne pas claquer des dents.

La pointe métallique de la flèche le visait toujours.

— Je ne crois pas que ce soit utile. Tu lui as déjà très bien raconté ce qui s'est passé. J'étais là. J'ai tout entendu. C'était une belle histoire. Je te remercie d'avoir enfin dit la vérité.

Il eut un regard paniqué.

— C'est pas vrai ! cria-t-il. C'est à lui que je mentais. J'ai tout inventé ! Tu as bien tué le photographe. C'est toi qui l'as massacré.

Sans bouger, elle désigna les photos étalées sur la table, juste derrière Diego, dans son champ de vision.

— Alors, explique-moi comment ces clichés sont arrivés en ta possession ?

Il ouvrit la bouche pour répondre. Il n'en sortit qu'un hoquet de terreur. Il rouvrit la bouche. Nouveau hoquet. Il ferma les yeux.

— Ordure, grinça-t-elle. J'ai failli te croire. J'ai failli croire à ma folie et à tes promesses.

Elle eut un très léger raidissement du bras. Et puis les doigts de sa main droite s'ouvrirent.

La flèche faite pour crever la cage thoracique des buffles fit dans l'air un petit bruit de guêpe exaspérée.

Diego Morenas resta debout quelques instants qui parurent des siècles à Raphaëlle.

La pointe d'acier à deux lames lui avait traversé la boîte crânienne et était allée se planter dans le plâtre du mur contre lequel il était adossé.

Enfin il flageola, jambes fauchées, et la pointe s'arracha du mur sous le poids du corps qui s'écroulait.

Il demeura assis, les yeux grands ouverts, comme s'il continuait pour l'éternité à regarder fixement Raphaëlle.

Celle-ci obliqua vers Hugo Probst ligoté et baillonné, qui la suivait avec un regard exorbité.

— Toi, je te réserve autre chose, murmura-t-elle.

Probst grelottait. Son cerveau tournait comme une hélice folle. Aux étages supérieurs il y avait les domestiques. Marie-Anne, sa femme. Et les autres. Tretiak et son épouse Angela. Et Bernadette. Si seulement l'un d'entre eux avait l'idée de descendre ! Il secoua la tête. Mais non. Aucun ne se risquerait à le déranger. Quand il était quelque part, à l'un des niveaux de l'immense villa, personne n'avait le droit d'apparaître sans son autorisation. Il n'y avait aucun secours à attendre. Il était foutu.

Il tourna vers Raphaëlle un visage qui avait pris vingt ans de coup de vieux en quelques minutes.

La fille venait d'ouvrir une petite porte blanche au fond du salon.

Après, il y avait un escalier étroit qui descendait à la salle des machines, là où se trouvaient les pompes permettant de vider et de remplir les piscines, de les filtrer, de les nettoyer.

Il y avait bien d'autres choses dans cette salle des machines. Des outils de jardinage, par exemple. Et aussi trois ou quatre bidons d'essence. Quand Raphaëlle réapparut, les lourds doubles rideaux de la baie étaient soulevés par le vent. Le temps était en train de changer à toute allure. Un grand pin d'Alep, dans le jardin, se tordait sous la bourrasque.

Très vite, Raphaëlle vida le contenu des deux bidons qu'elle avait remontés de la salle des machines, dispersant l'essence sur les rideaux, les coussins, les canapés. Surtout les rideaux, bien sûr, qui montraient jusqu'au plafond, c'est-à-dire tout près des grosses poutres en chêne varois qui, dans quelques instants, allaient crépiter comme un feu de cheminée.

Puis elle sortit de son léger blouson en toile rouge un briquet.

— Regarde-moi bien, souffla-t-elle à Probst. Regarde-moi. C'est la dernière fois que tu te sers de tes yeux.

Elle s'accroupit pour enflammer le rideau qui était le plus proche d'elle.

*
**

D'énormes volutes de fumée noire commençèrent à rouler sous le plafond du grand salon. Le mistral s'engouffrait à travers les baies... Déjà, des flammèches bleues palpitaient dans la nuit.

Tout ne brûlerait pas, bien sûr. Mais c'était déjà une énorme compensation, pensa Raphaëlle, sur le cauchemar de sa vie.

Elle recula sur la terrasse. Gercées de lézardes ardentes, les poutres du plafond s'entrouvraient comme une terre volcanique.

Elle s'assit au bord de la piscine, dans un transat. Absente. Oubliant tout le reste. En contemplation devant les mille langues rouges qui léchaient le domaine d'Hugo Probst.

Et puis sa main glissa vers sa mini-jupe noire, elle la retroussa et se chercha entre les cuisses. Elle était déjà trempée. D'un mouvement rapide et sec du poignet, elle commença à se masturber, renversée dans le transat, lèvres entrouvertes...

***

Hagard, Corentin stoppa la R 18 en catastrophe au pied du mini-funiculaire menant à la villa d'Hugo Probst.

— Restez là, commanda-t-il à Peggy et Della.

Dès leur arrivée à Couronne-des-Maures, ils avaient aperçu, tout là-haut, sur le piton rocheux, la fournaise naissante qui était en train d'embraser la villa du patron de presse.

On aurait dit qu'un geyser de lave sortait des grandes fenêtres des différentes bâtisses qui se détachaient dans la nuit avec une puissance de relief extraordinaire sur la fournaise.

— Fais attention, Boris ! hurla Peggy.

Le ciel était rempli d'une sorte de bouquet flamboyant de feu d'artifice. Corentin avait sauté dans la cabine du funiculaire et appuyé sur la commande déclenchant l'ascension. La cabine se mit à grimper avec une lenteur désespérante. Son RMR Spécial Police au point, il jaillit enfin sur la seconde terrasse, d'où le feu semblait être né.

Dès silhouettes giclaient dans les allées en hurlant, crapahutant dans les jardins en espaliers. Corentin aperçut quelques domestiques, des soubrettes avec leurs tabliers sur leurs jupes noires. D'autres aussi, une femme en long peignoir rose presque translucide, une autre, et puis des hommes. Une fumée âcre s'échappait du brasier. Boris allait essayer de s'y précipiter lorsqu'il aperçut, au bord d'une longue piscine dont l'eau bleue phosphorescente affleurait le dallage de marbre, la silhouette d'une fille rousse immobile qui le regardait fixement sans vraiment avoir l'air de le voir. On aurait dit qu'elle était plongée dans une sorte de coma cotonneux.

Elle se redressa enfin péniblement et se rapprocha de lui.

Boris l'avait reconnue depuis des éternités. Raphaëlle Harbin. L'ange exterminateur qui venait d'accomplir la dernière phase de sa mission de destruction.

D'un geste lent, elle montra les flammes qui grondaient, ondulantes et bondissantes comme de grands reptiles rouges, à travers l'immense salon où elle avait surgi une heure plus tôt, son arc entre les mains comme une amazone meurtrière.

— Inutile de jouer les héros, monsieur le policier, souffla-t-elle. Il n'y a plus personne de vivant à cet étage. Depuis longtemps.

Des sirènes, dans la vallée, se mirent à hurler. D'abord celles de Couronne-des-Maures. Puis celles des villages voisins. Le Muy. Les Arcs. Trans-en-Provence. Jusqu'à Draguignan.

— Sauvez plutôt sa femme, dit-elle.

Elle montra les ombres qui s'enfuyaient dans les jardins.

— Ces salauds n'ont même pas pensé à elle.

Elle essaya d'avaler sa salive mais le vent chargé de cendre la piquait jusqu'au fond de la gorge.

— Elle ne peut pas bouger, ajouta-t-elle. Elle est infirme. Elle doit être là-haut. Sur la dernière terrasse.

Elle montra le revolver que Boris tenait dans sa main droite.

— Inutile d'être inquiet, souffla-t-elle. Je ne m'enfuirai pas. J'ai eu ce que je voulais.

Elle esquissa un mince sourire.

— Et même si je m'enfuyais, est-ce qu'il ne vaut pas mieux sauver une innocente et rater une coupable que l'inverse ?

Boris, décomposé, se précipita dans une minuscule ruelle en pente raide qui serpentait au flanc du bâtiment principal transformé en pluie de braises.

***

Quand il redescendit, portant dans ses bras Marie-Anne Probst qui suffoquait, à demi évanouie, Raphaëlle Harbin avait disparu.

Il s'arrêta sur la terrasse où il l'avait laissée. Au-dessus d'eux maintenant, pesait dans le ciel une nappe lourde de fumée, une houle cuivrée que le vent lui-même n'arrivait pas à pousser.

Sur le seuil du salon transformé en brasier, il aperçut par terre une mini-jupe rouge, un pull et un blouson de toile beige.

Raphaëlle Harbin s'était précipitée nue dans les flammes.

Les sirènes des voitures de pompiers chantaient dans la vallée en se rapprochant.

Boris Corentin était en train de chercher un endroit où déposer Marie-Anne Probst avant d'essayer de se ruer dans le brasier pour tenter d'en arracher Raphaëlle, lorsqu'il y eut plusieurs détonations sourdes suivies d'une pluie de suie fantastique. Les bonbonnes de gaz, dans les cuisines, venaient d'exploser. Un souffle furieux projeta sur la terrasse des tourbillons de flammèches brûlantes.

Corentin recula, portant toujours Marie-Anne évanouie.

Raphaëlle avait eu raison, tout à l'heure. Il valait mieux sauver une innocente.

***

La longue haleine du vent chaud agitait doucement les franges du parasol bleu et blanc. Une brume de chaleur stagnait entre les pins et les bougainvillées autour de la petite piscine d'un bleu admirablement transparent. Les cigales se déchaînaient dans les collines jusqu'aux ruines, là-bas, du château fort, la vieille forteresse sarrasine de la Garde-Freinet. On n'était qu'à vingt kilomètres au maximum de l'endroit où, deux jours avant, l'enfer s'était emparé d'une villa folle au luxe écrasant, et tout ici n'était que beauté, calme et douceur de vivre...

Jeannette Brichot apparut sur le seuil du petit mas provençal aux murs blonds sur lesquels couraient des buissons de lauriers-roses.

— Jambonneau de lapereau au ragoût de fèves, annonça-t-elle en posant le plat sur la table de jardin peinte en blanc.

Boris se renversa légèrement en arrière dans l'ombre bleutée du parasol.

— Jeannette, gronda-t-il affectueusement, j'ai l'impression que vous avez fait des folies !

Aimé Brichot, en face de lui, éclata de rire.

— La folie, répondit-il, c'est de faire des enquêtes sans moi, Boris.

Il ôta ses lunettes de soleil pour les essuyer à sa chemise bleue et rouge à impressions de palmiers polynésiens.

— Quand je pense, soupira-t-il, que tout ça s'est passé à deux pas d'ici !

Boris sourit.

— Oui, fit-il, mais toi tu es en vacances. Pas moi.

Brichot remit ses lunettes sur l'arête osseuse de son nez.

— Et qu'est-ce que Baba dit de tout ça ? interrogea-t-il.

Boris regarda Jeannette qui, bouteille de Côtes de Provence à la main, remplissait les verres.

— Tu connais Baba, murmura-t-il. Au départ, j'étais sur la Côte pour coincer Roger Micheletti. La suite, il ne veut pas en entendre parler. Surtout que c'est le SRPJ de Nice et le commissariat de Cannes qui ramassent tous les lauriers. Sur ma demande expresse d'ailleurs. Pas question pour moi d'apparaître officiellement dans l'affaire. Alors il tousse, c'est humain. Il trouve que la Brigade Mondaine retire un peu trop souvent les marrons du feu pour les autres...

Il regarda le liquide rosé danser dans le soleil.

— Mais enfin, ajouta-t-il, l'un dans l'autre il n'est pas si mécontentent.

Il avala une gorgée de vin. L'incendie de la villa d'Hugo Probst, malgré les pompiers arrivés sur les lieux au bout de vingt minutes, avait duré toute la nuit. Au matin, il ne restait que des murs noircis, des poutres tordues transformées en charbon de bois, et la plupart des installations avaient brûlé, comme le mobilier. On avait eu bien du mal, dans les ruines fumantes, à identifier les cadavres de trois personnes. Deux hommes et une femme. Les trois acteurs principaux de toute l'affaire. Diego Morenas, Hugo Probst et Raphaëlle Harbin. La suite, pour Boris Corentin, ça avait été, pour ne pas changer, la paperasse administrative. Les rapports à rédiger — dont un double à remettre au SRPJ local. Enfin la routine de la vie de flic, quoi...

Quant à Marie-Anne, l'épouse de Probst, elle était toujours sous le choc. Placée en observation dans une clinique de Cannes, elle avait été mise en cure de sommeil pour huit jours.

Boris Corentin hocha la tête.

— Il ne doit quand même pas être si mécontent de moi, Baba, fit-il remarquer. Il m'a octroyé royalement trois jours de repos avant de rentrer à Paris !

A droite et à gauche de Boris, il y eut des cris. Jaillis de deux bouches aussi adorables et sensuelles l'une que l'autre. Celles de Della et de Peggy que Boris, avec la permission de Jeannette et de Mémé bien sûr, avait amenées avec lui.

— Trois jours ? souffla Peggy. Mais alors on va avoir tout le temps de profiter de toi, Boris !

— Hé ! jeta Corentin. J'ai dit : trois jours de *repos*, moi !

Les deux têtes blondes se penchèrent jusqu'à caresser les larges épaules de Boris Corentin.

— Et alors ? murmura Della. Tu es contre le genre de repos qu'on te propose ?

Jeannette, en face, éclata de rire.

— Si c'était vrai, c'est qu'on nous l'aurait changé, notre Boris !

— Il y a des jours où même les héros sont un peu fatigués, laissa tomber Corentin.

Della se cambra. Ce qui fit saillir les pointes de ses seins sous le tee-shirt.

— Fatigué ? s'écria-t-elle. Tu vas voir comme tu te sentiras fatigué, tout à l'heure, quand tu nous verras plonger toutes nues dans la petite piscine de tes copains !

— Petite ! jeta Jeannette vexée sur les bords. Pas si petite que ça quand même.

— Toutes nues ? glapit Brichot en même temps en ravalant sa glotte.

— Si Jeannette nous permet, corrigea Peggy en baissant les paupières, très première communiante.

Jeannette sourit. Oui, elle permettait. Boris soupira. Ses trois jours de repos royalement octroyés par le commissaire divisionnaire Charlie Badolini, chef de la Brigade Mondaine, promettaient d'être plutôt mouvementés. Evidemment. Comme d'habitude.

Achevé d'imprimer en décembre 1987
sur les presses de l'Imprimerie Bussière
à Saint-Amand (Cher)

— N° d'imprimeur : 2713. —
— N° d'éditeur : 5443. —
Dépôt légal : janvier 1988.

Imprimé en France